Knaur

Les Martin

Akte X
Die unheimlichen Fälle des FBI

Sophie

Roman

auf Basis der gleichnamigen Fernsehserie
von Chris Carter,
nach einem Drehbuch von Steve de Jarnett

Aus dem Amerikanischen
von Winfried Czech

Knaur

Die amerikanische Originalausgabe erschien unter dem Titel
The X-Files – Tiger, Tiger bei HarperTrophy –
A Division of HarperCollins Publishers, New York

*Für Nicole, meinen größten Fan und
meine zugleich unerbittlichste Kritikerin*

Redaktion: Annekatrin Klaus

Vollständige Taschenbuchausgabe August 1998
Droemersche Verlagsanstalt Th. Knaur Nachf., München

Umschlaggestaltung: Papen Werbeagentur, Köln
Umschlagillustration: Michael Grecco; © by 20th Century Fox Corp.
Druck und Bindung: Clausen & Bosse, Leck
Printed in Germany
ISBN 3-426-61044-6

5 4 3 2

1

„Du wirst nicht fürs Tanzen bezahlt, Roberto“, tadelte Francisco Garcia seinen Neffen. Er sprach Spanisch und hatte die Stimme erhoben, um die lateinamerikanische Musik zu übertönen, die aus Robertos Radio drang. „Denk daran, Gott sieht zu.“

Francisco deutete auf die Überwachungskamera, die von der Decke des Gebäudes herabhing, in dem sie arbeiteten. Es beherbergte die Idaho Mutual Insurance Trust, die größte Bank in Fairfield, Idaho, ein Palast mit hohen Decken und glänzenden Marmorböden. Diese Böden wischten Francisco und Roberto jede Nacht.

Trotz des Rüffels mußte Francisco zugeben, daß er es gern sah, wie sich Roberto zur Musik aus dem Radio bewegte und dabei seinen Mop als Tanzpartnerin benutzte. Die jungen Leute hatten ein Recht auf ein bißchen Spaß, aber als Robertos Onkel mußte er aufpassen, daß der Junge es nicht übertrieb.

„Wenn du deinen Job verlierst, heißt es für dich, zurück in den Dschungel von El Salvador“, sagte er streng.

Roberto grinste ihn an und vollführte einen weiteren schnellen Tanzschritt. Dann schaltete er das Radio aus und widmete sich wieder seiner Arbeit.

Erleichtert nahm Francisco einen hartnäckigen Fleck in Angriff.

Plötzlich erklang ein seltsames Grollen.

Der Marmorboden zitterte.

In El Salvador hatte Francisco Erdbeben erlebt. Und er kannte die Geräusche des Krieges.

Aber das hier war Idaho. Hier gab es keine Erdbeben und auch keine Kriege. Dies war ein Land des Friedens und des Überflusses. Trotzdem konnte Francisco einem Geräusch immer noch anhören, ob es Ärger bedeutete . . . Es bedeutete Ärger.

Wieder erklang das Grollen, lauter und näher.

Francisco blickte sich schnell in der Bank um und suchte nach einer sicheren Zuflucht. Die Tresore wären perfekt gewesen, aber natürlich waren die riesigen Stahltüren verschlossen. Vielleicht hinter dem Kundenschalter . . .

Bevor er sich in Bewegung setzen konnte, explodierte die beschichtete Glasfront der Bank. Instinktiv schloß er die Augen vor den hereinwirbelnden Glassplittern. Er spürte ein Stechen in der Wange. Dann herrschte Stille.

Langsam atmete er aus. Er öffnete die Augen und berührte seine Wange: Blut glitzerte auf seinen Fingerspitzen, doch von diesem Kratzer abgesehen, war er unverletzt. Er sah zu seinem Neffen hinüber. Roberto war nichts geschehen, auch wenn er wie Espenlaub zitterte. Hastig bekreuzigte er sich.

Ein weiteres Mal hörte er das Grollen. Es wurde leiser, entfernte sich, und Francisco wagte einen ersten zögernden Schritt.

Vorsichtig bahnte er sich einen Weg durch die funkelnden Glassplitter, die den Marmorboden bedeckten. Roberto folgte ihm. Sie erreichten das gähnende Loch, wo einmal die Fensterfront gewesen war, und spähten hinaus.

„Heilige Muttergottes! Das gibt es doch gar nicht!" flüsterte Francisco.

Etwas weiter die Straße hinunter entdeckten sie ein völlig zerbeultes Auto, das aussah, als wäre es von einem gigantischen Vorschlaghammer getroffen worden. Ein hölzerner Zeitungskiosk war zu streichholzgroßen Splittern zerfetzt worden.

Doch die Ursache der Verwüstung war nicht auszumachen. Was auch immer die Bank, das Auto und den Zeitungskiosk mit verheerender Gewalt getroffen haben mochte – es war unsichtbar.

Francisco und Roberto sahen einander an. Jeder wußte, was der andere dachte.

Vielleicht war es doch keine so gute Idee gewesen, nach Idaho zu gehen. In ihrer Heimat wußten sie wenigstens, von welcher Seite ihnen Gefahr drohte - hier aber waren sie hilflos und ausgeliefert. Sie waren Fremde in einem fremden Land.

Ray Hines war kein Fremder in Idaho. Er war hier geboren und aufgewachsen. Ray verdiente seinen Lebensunterhalt damit, Fernstraßen durch die ausgedehnten Hochebenen und die zerklüfteten Gebirge des Staates zu bauen.

Heute nacht machte ihm seine Arbeit besonders viel Spaß: die Baufirma war mit dem Zeitplan für eine neue vierspurige Straße nach Fairfield in Verzug, und das bedeutete bezahlte Überstunden.

Ray machte mit Kollegen eine Kaffeepause, als er das Grollen hörte. Er spähte die noch nicht fertiggestellte Straße entlang.

„Was, zum Teufel ...?“ begann er. Weiter kam er nicht. Die Worte blieben ihm im Halse stecken.

Eine der Fahrbahnen war mit massiven Holzböcken für den Verkehr gesperrt worden, aber jetzt wurden die schweren Straßensperren beiseite gefegt, als bestünden sie aus Pappe. Eine nach der anderen wurde zu Kleinholz.

Etwas Großes und Schweres bewegte sich die Straße entlang. Ray hätte auf eine Windhose getippt, aber er spürte nicht den leisesten Lufthauch.

Sehen konnte er auch nichts.

Nicht einmal, als es ihn erwischte und durch die Luft schleuderte.

Aus den Augenwinkeln heraus bemerkte Ray, daß seine Thermosflasche ebenfalls durch die Luft wirbelte und Kaffee verspritzte.

Es war das letzte, was er jemals sehen sollte.

Er schlug auf dem letzten Abschnitt der Fahrbahn auf, den er fertiggestellt hatte. Dem buchstäblich letzten Abschnitt seines Lebens.

Ray Hines’ Kaffeepause würde ewig dauern.

Dreißig Meilen entfernt freute sich Wesley Brewer über die frisch asphaltierte Fahrbahn. Es war das reinste Kinderspiel, einen großen Zuglaster zu fahren, wenn die Straße in einem so guten Zustand war. Und wenn er wie jetzt keine Ladung hatte, konnte er den Truck so richtig mit Vollgas fahren. Soweit es Wesley betraf, war das schöner als fliegen.

Wesley hatte eine lange Nachtfahrt hinter sich. Er gähnte und schaltete sein CB-Funkgerät an.

„Hier ist Wesley Brewer auf Route 7", sagte er. „Ich schätze, daß ich so gegen acht Uhr an der Ladestation eintreffe."

Wesley rieb sich die Augen, während er auf eine Antwort wartete.

Dann riß er sie verdutzt auf, und auf einmal war jeder Gedanke an Schlaf vergessen.

Direkt vor ihm, höchstens ein paar hundert Meter entfernt, erblickte Wesley etwas, das er bisher nur auf Zirkusplakaten gesehen hatte.

Einen riesigen Elefanten!

Dieser Elefant jedoch befand sich nicht auf einem Plakat. Er raste die Schnellstraße entlang . . . direkt auf den Truck zu.

Wesley trat mit aller Kraft auf die Bremse und betete, daß sie greifen würde.

Der Lastwagen schlingerte, drohte auszubrechen – und hielt mit qualmenden Reifen.

Der Elefant blieb ebenfalls stehen.

Die riesige Zugmaschine und das gewaltige Tier standen sich nur wenige Zentimeter entfernt gegenüber.

Wesley sah in die glitzernden Augen des Elefanten, sah die furchteinflößenden Spitzen der langen elfenbeinfarbenen Stoßzähne. Er hörte, wie der graue Rüssel gegen die Windschutzscheibe klatschte.

„Wiederholen Sie noch einmal die voraussichtliche Ankunftszeit", hörte er undeutlich eine Stimme aus seinem Funkgerät. „Brewer? Brewer, haben Sie verstanden?"

Er dachte nicht daran zu antworten. Seine Hände umklammerten das Lenkrad so fest, daß die Fingerknöchel weiß unter der Haut hervortraten. Er lockerte den Griff erst, als sich der Elefant umdrehte. Das Tier trottete schwerfällig mit peitschendem Schwanz auf den gleißenden Rand der aufgehenden Sonne zu. Dann rannte es so plötzlich los, als wäre es mit einem Elektrostab geschlagen worden. Trotz seiner gewaltigen Masse bewegte es sich erstaunlich schnell.

Wesley sah ihm hinterher, bis es hinter der nächsten Straßenbiegung verschwunden war. Er ließ seinem heftig schlagenden Herzen eine Weile Zeit, sich etwas zu beruhigen, bevor er sich seinem Funkgerät zuwandte und sagte: „Ich weiß, daß Sie mir das nicht glauben werden, aber . . .“

Die Sonne war vollständig über den Horizont geklettert, als die Polizei den Elefanten einholte. Es gab keine Probleme, keine Jagd.

Ein Kraftfahrer hatte ihn entdeckt und Meldung erstattet.

Der Elefant lag noch immer an der gleichen Stelle auf der Schnellstraße, als die beiden Streifenwagen mit blinkenden Warnlichtern und jaulenden Sirenen eintrafen. Es waren bereits andere Wagen vor Ort. Männer, Frauen und Kinder standen herum und starrten auf den grauen Riesenleib.

„Bleiben Sie zurück!“ forderte ein Cop die Menge auf. „Er ist noch am Leben und gefährlich.“

Der Elefant lebte tatsächlich noch.

Seine Flanken hoben und senkten sich mühsam, sein Rüssel schlug kraftlos auf den Asphalt. Er versuchte, sich auf die Beine zu kämpfen.

Dann erschlaffte er plötzlich und fiel zurück. Einen Moment lang zitterte sein Körper noch, dann lag er reglos da.

„Mommy, Mommy, ist er eingeschlafen?“ fragte ein kleiner Junge.

Seine Mutter biß sich auf die Lippen, als er zu ihr aufsah. „Ja, mein Liebling, er ist schlafen gegangen“, beruhigte sie ihn.

Die Schwester des kleinen Jungen jedoch war alt genug, um einen Schritt näher an den Elefanten heranzutreten und ihn sich genauer anzusehen. Und sie war alt genug, um zu begreifen, was sie da sah, und in Tränen auszubrechen.

2

Die Medien hatten ihren Spaß an der Geschichte.

„Dieser Dickhäuter hatte wohl die Faxen dicke“, witzelte ein Radioreporter.

Ein TV-Nachrichtensprecher sang mit krächzender Stimme: „Home, home on the range, where the deer and the elephants play.“

Die Schlagzeile einer Zeitung lautete: *ZURÜCK INS REICH DER PHANTASIE, DUMBO! IM WIRKLICHEN LEBEN BAUEN FLIEGENDE ELEFANTEN BRUCHLANDUNGEN!*

Aber schon am nächsten Tag wurde Kalifornien von einem harmlosen Erdstoß erschüttert, und die Geschichte vom toten Elefanten geriet schnell in Vergessenheit.

Nach einer kurzen Bestandsaufnahme versuchte auch die örtliche Polizeibehörde, die Geschichte zu vergessen. Die Spur der Zerstörungen und der entlaufene Elefant ergaben einfach keinen Sinn. Man hatte eine Menge anderer Fälle zu bearbeiten, bei denen man wenigstens wußte, woran man war – den Cops blieb keine Zeit für diese merkwürdige Geschichte. Also legten sie sie unverzüglich zu den Akten. Aus den Augen, aus dem Sinn – doch die moderne Datentechnik war gegen sie.

Der Fall tauchte wieder auf.

Zwei Tage später war er überspielt und registriert.

In den X-Akten.

Das waren Akten, die in einem streng geheimen Raum im FBI-Hauptquartier in Washington, D.C., aufbewahrt wurden und Berichte über seltsame Ereignisse aus dem ganzen Land enthielten. Fälle, die sich niemand erklären konnte. Fälle, die selbst das FBI am liebsten vergessen hätte . . .

Doch es gab zwei, die diese Akten nicht vergessen konnten. Zwei Agenten, die solche Fälle nicht auf sich beruhen lassen wollten.

„Wann geht der nächste Flug nach Idaho?“ fragte Fox Mulder Dana Scully.

„Es gibt einen Nachtflug nach Boise um drei Uhr“, erwiderte sie. „Dort können wir einen Wagen mieten und weiter nach Fairfield fahren.“

„Dann lassen Sie uns unsere Sachen zusammenpacken“, schlug er vor.

„Ich habe bereits gepackt“, sagte Scully. „Ich wußte, daß nicht einmal wilde Elefanten Sie aufhalten können.“

Mulder grinste Scully an und erntete ein angedeutetes Lächeln. Sie hatte schon eine Menge erlebt, seit sie mit ihm zusammenarbeitete.

Anfangs hatte sie ihn für verrückt gehalten, wie es seine Vorgesetzten in der Behörde taten.

Doch das war schon lange her.

Mittlerweile hatte sie sich Mulders Sicht der Dinge erheblich angenähert – sie hatte erfahren, daß sich auf dieser Welt tatsächlich verrückte Dinge ereigneten.

Und daß es viel verrückter war, so zu tun, als gäbe es sie gar nicht.

„Jetzt weiß ich endlich, was mit meinen Steuergeldern passiert“, sagte Stan Weitz, der Sheriff von Camus County, am nächsten Tag zu Mulder und Scully, als sie in seinem Büro saßen. „Sie fliegen die ganze Strecke von Washington bis hierher auf der Jagd nach einem Hirngespinst. Besser gesagt, auf der Jagd nach spinnenden Elefanten.“

Mulder wartete geduldig, bis der Sheriff aufgehört hatte, über seinen eigenen Witz in sich hineinzuglucksen. Er fragte sich, wie viele Elefantenwitze er sich noch würde anhören müssen, bevor dieser Fall abgeschlossen war. Mit Sicherheit zu viele.

Er warf einen Blick auf seine Uhr. „Also, es gibt keinen Grund, weitere Regierungsgelder zu vergeuden“, sagte er. „Machen wir uns an die Arbeit.“

„Sicher“, meinte der Sheriff. „Ich nehme an, Sie wollen sich unseren offiziellen Bericht ansehen. Ich werde ihn aus den Akten kramen.“

„Wir haben ihn bereits gelesen.“ Mulder winkte ab. „Auf dem Flug.“

„Wir hatten ihn in unseren eigenen Akten“, erklärte Scully. „Er war bereits an das Hauptquartier weitergeleitet worden. Das ist Teil eines Computersystems, das wir in allen Polizeiabteilungen im ganzen Land aufgebaut haben. Es versetzt uns in die Lage, auf . . . Notfälle sofort zu reagieren.“

„O ja, hab ich ganz vergessen“, sagte der Sheriff. „Ich habe irgendwas darüber von den Leuten aus meinem technischen Stab gehört . . . Ich muß sagen, daß ich nicht viel von diesem ganzen neuen Kram halte. Ich ziehe die altmodische Polizeiarbeit vor. Ein paar abgewetzte Schuhsohlen schlagen jeden Computerchip immer noch um Längen.“

„Ganz meiner Meinung“, stimmte Mulder zu. „Können Sie uns an den Ort bringen, wo der ganze Ärger angefangen hat?“

„Kann ich machen“, erwiderte der Sheriff. „Aber Sie werden nicht mehr als wir herausfinden . . . und das war überhaupt nichts.“

Sie verließen die Polizeistation und stiegen in den Streifenwagen des Sheriffs. Die Bank lag nur fünf Minuten Fahrzeit entfernt. Die beschichtete Glasfront war noch nicht repariert worden, und ein paar Einheimische lungerten vor der Bank herum und glotzten das gähnende Loch an. Fairfield war keine Stadt, in der sich außergewöhnliche Dinge ereigneten - schon eine zerbrochene Straßenlaterne war hier Stoff für eine aufregende Nachricht.

Vor dem Gebäude standen zwei Latinos in Arbeitskleidung, einer im mittleren Alter, der andere Anfang zwanzig. Beide machten einen verängstigten Eindruck.

„Ich habe die beiden hierher bestellt, als ich Ihr Fax bekommen habe“, erklärte der Sheriff selbstzufrieden. „Dachte mir, daß Sie sie sehen wollten. Sie waren Augenzeugen bei diesem . . .“ Er suchte nach der richtigen Bezeichnung. „Was da eben passiert ist“, war alles, was ihm schließlich einfiel.

„Ich denke, Sie sollten die Befragung durchführen“, sagte Mulder zu Scully. „Ihr Spanisch ist besser als meins, und die Burschen sehen so aus, als würde ihnen die Sache leichter fallen, wenn sie in ihrer Muttersprache sprechen können. Ich sehe mich in der Zwischenzeit im Inneren der Bank um.“

„In Ordnung“, erwiderte Scully und wandte sich dem Sheriff zu. „Vielen Dank für Ihre Hilfe. Ab jetzt können wir übernehmen. Sie haben bestimmt andere Dinge zu erledigen.“

„Na klar!“ Der Sheriff nickte. „Also dann, viel Glück für Sie. Sie werden es brauchen.“

Er stieg in seinen Wagen und fuhr davon.

Scully drehte sich um und ging zu den Gebäudereinigern. Wie sie gehofft hatte, wirkten die beiden entspannter, nachdem der Sheriff verschwunden war. Der Anblick von Polizeiuniformen machte sie eindeutig nervös.

„Wie heißen Sie?“ erkundigte sie sich auf Spanisch.

„Francisco Garcia, und das ist mein Neffe Roberto“, antwortete der ältere Mann ebenfalls auf Spanisch. „Glauben Sie mir, Miß, wir haben nichts mit dem zersplitterten Glas zu tun. Wir sind gute und gewissenhafte Arbeiter. Wir tun nie etwas Falsches. Wir befolgen alle Gesetze und versuchen immer, gute Amerikaner zu sein. Irgendwann möchten wir die Staatsbürgerschaft bekommen.“

„Machen Sie sich, bitte, keine Sorgen. Sie haben nichts von uns zu befürchten“, versicherte ihm Scully. „Wir möchten nur wissen, was Sie gesehen haben, als das Glasfenster explodiert ist.“

„Wir haben nichts gesehen“, sagte Francisco.

„Nichts“, stimmte ihm Roberto zu.

„Niemanden draußen vor der Bank?“ fragte Scully.

„Nein“, bekräftigte Roberto. „Ich hab nachgeschaut, aber nichts gesehen.“

„Haben Sie irgend etwas gehört?“

„Ja, ein Geräusch“, erwiderte Francisco.

„Es hat sich wie Donner angehört“, fiel Roberto ein. „Zuerst war es laut, dann ist es leiser geworden.“

„Sonst noch irgend etwas?“ fragte Scully, während sie die Aussagen notierte.

Beide Männer schüttelten nachdrücklich den Kopf.

Scully wartete eine Weile, ob ihnen nicht doch noch etwas einfallen würde. Sie erntete ratlose Blicke.

„Vielen Dank", sagte sie schließlich. „Ich weiß Ihre Hilfsbereitschaft zu schätzen."

„Sind Sie Polizistin?" erkundigte sich Francisco.

„Ja . . . Von der Bundesregierung. FBI."

„Wir werden doch bestimmt keine Schwierigkeiten bekommen, oder?" fragte Francisco.

„Ihnen wird nichts geschehen", beruhigte ihn Scully.

„Danke, Miß, vielen Dank", sagte Francisco. In El Salvador hatten die beiden Männer gelernt, daß es um so besser war, je weniger man mit der Polizei zu tun hatte. Sie entfernten sich so schnell sie konnten, ohne den Eindruck zu erwecken, daß sie davonrannten.

Mittlerweile war Mulder zurückgekommen. „Da drinnen gibt es nichts außer Berge von zersplittertem Glas. Was haben die Reinigungsleute erzählt?"

„Sie behaupten, nichts gesehen zu haben", sagte Scully achselzuckend. „Sie haben nur ein lautes Geräusch gehört, das sie nicht identifizieren konnten. Ich glaube, daß sie die Wahrheit sagen."

„Wahrscheinlich tun sie das." Mulder kratzte sich am Kopf. „Die Überwachungskameras der Bank zeigen auch nichts. Nur eine gewaltige Explosion von Glas, das nach innen geschleudert wird. Als hätte es draußen eine Art Schockwelle gegeben."

„Was uns keine Anhaltspunkte liefert, die wir weiterverfolgen könnten . . ."

„Was ist neu daran, Partner?" Mulder griente. „Wir sind hier im X-Akten-Land. Da fangen wir immer mit einer leeren Landkarte an. Der Spaß dabei ist, die weißen Flecken auszufüllen."

„Sicher." Scully klang wenig begeistert. „Es ist, als würde man ein Kreuzworträtsel in einer unbekannten Sprache lösen."

„In einer Sprache, die man lernen muß", fügte Mulder hinzu, „will man nicht riskieren, daß eine wichtige Botschaft übersehen wird."

3

Scully überflog ihre Notizen. „Laut Polizeibericht verläuft die Spur der Zerstörung entlang dieser Straße“, sagte sie.

„Dann lassen Sie uns ihr folgen“, erwiderte Mulder.

Scully warf einen letzten Blick auf das gähnende Loch in der Fensterfront. „Dieses Geräusch, von dem die Reinigungsleute gesprochen haben ... es könnte ein normaler Überschallknall gewesen sein.“

„Also, das da hat jedenfalls kein Überschallknall verursacht“, gab Mulder zurück und deutete auf ein Auto, das in einem unmöglichen Winkel am Straßenrand stand. Der Kofferraum und eine Seite waren eingedrückt. „Oder das.“ Hinter dem Auto ragte ein metallisches Verkehrsschild in die Höhe, das wie ein Stück heißes Wachs verdreht worden war. „Oder das“, fügte er hinzu, als sie an einem Haufen von Holzsplittern vorbeigingen, die einmal ein Zeitungskiosk gewesen waren.

„Sie haben recht“, gab Scully zu. „Haken wir die Überschallknalltheorie ab.“

„Außerdem ist da noch dieses Foto“, fuhr Mulder fort. Er reichte Scully eine Kopie, die zusammen mit dem Polizeibericht an das FBI-Hauptquartier durchgefaxt worden war.

Scully sah es sich kurz an, um ihr Gedächtnis aufzufrischen. Es war kein schönes Bild. Das waren Bilder von Leichen nie.

„Das Rückgrat dieses Mannes ist wie ein Zahnstocher zerbrochen worden“, rief Mulder ihr in Erinnerung. „Und sein Körper weist eine Quetschung auf, die ihrer Form und ihrem Umfang nach in etwa einem Elefantenfuß entspricht. Die anderen Männer auf der Baustelle haben ausgesagt, daß sie gespürt haben, wie die Erde bebte. Und sie haben einen schwachen Tiergeruch in der Luft wahrgenommen.“

„Ich weiß schon, was Sie denken ... Daß der tote Elefant, den man gefunden hat, für alles verantwortlich ist.“ Scully schüttelte den Kopf. „Aber das glaube ich nicht. Es widerspricht jeglicher Logik. Irgend jemand hätte ihn sehen müssen.“

„Wenn ihn jemand gesehen hätte, wären wir nicht hier.“ Mulder spielte einen Trumpf.

Er lächelte ihr zu, doch Scully lächelte nicht zurück. Auch wenn sie seine Partnerin war, war sie noch lange nicht seine Marionette. Sie hatte ihre eigenen Ideen, und sie benutzte ihre eigenen Augen.

Sie betrachtete erneut das zerquetschte Auto, das verbogene Straßenschild und den völlig zersplitterten Zeitungskiosk.

Mulder folgte ihr auf ihrem Inspektionsrundgang. „Wenn es ein Fahrzeug gewesen wäre, hätte der Aufprall Spuren hinterlassen“, räsonierte er. „Es würde Lacksplitter geben. Oder metallische Kratzer. Ich kann nichts von beidem entdecken. Sie vielleicht?“

Scully untersuchte das demolierte Straßenschild. Sie schüttelte den Kopf.

„Ich wäre bereit, die minimale Wahrscheinlichkeit eines Tornados als Ursache der Zerstörungen zu akzeptieren“, fuhr Mulder fort. „Obwohl wir nicht die richtige Jahreszeit für Tornados haben. Ich würde sogar die Möglichkeit in Betracht ziehen, daß ein Schwarzes Loch aus dem Weltraum diese Gegend gestreift haben könnte. Aber . . .“

Er schwieg, bis Scully schließlich gereizt fragte: „Aber was, Mulder?“

„Aber wenn ich Wetten annehmen würde, würde ich sagen, es war ein . . .“

„Ein unsichtbarer Elefant?“ beendete Scully den Satz für ihn. Ihre Stimme triefte vor Ironie.

„Das haben *Sie* gesagt“, stellte er fest. „Nicht ich.“

„Sie brauchen es gar nicht auszusprechen“, erwiderte Scully. „Ich weiß nur zu gut, wie Ihr Verstand funktioniert.“

„Wußten Sie, daß ich einmal gesehen habe, wie David Copperfield die Freiheitsstatue verschwinden ließ?“ schwärmte Mulder. „Für jemanden, der über die entsprechende Ausrüstung verfügt, wäre es ein Kinderspiel, das gleiche mit einem Elefanten anzustellen.“

„Sicher, Mulder, sicher. Irgendein verrückter Magier ist mit Spiegeln und künstlichem Nebel nach Fairfield gekommen.“

„Vielleicht kein Magier“, entgegnete Mulder. „Und vielleicht waren es keine Spiegel und kein künstlicher Nebel. Aber irgend jemand, irgend etwas mit einer Art . . .“

Er kam nicht mehr dazu, ihr seine Idee zu erläutern, denn in diesem Augenblick hielt ein großer Lastwagen am Straßenrand neben ihnen. Seine Seitenwand war mit der Silhouette eines springenden Tigers und der Aufschrift *FAIRFIELD ZOO* verziert.

Die Fahrertür schwang auf, und ein Mann in der grünen Uniform eines Zoobediensteten stieg aus. Sein Haar war grau und schütter, und der Bauch hing ihm über den Gürtel, aber sein Gang war kraftvoll und selbstbewußt, als er sich den beiden näherte.

„Agent Mulder?“ fragte er.

„Ja“, bestätigte Mulder.

„Ich bin Ed Meecham vom Fairfield Zoo“, sagte der Mann. „Sie haben mir ein Fax geschickt, daß Sie mich sprechen wollten. Der Sheriff hat mir gesagt, wo ich Sie finden kann. Tut mir leid, wenn ich mich etwas verspätet habe, aber wir hatten heute morgen ein paar Probleme damit, Ganeshas Leiche wegzuschaffen.“

„Das ist Agent Scully“, stellte Mulder seine Partnerin vor. Meecham nickte ihr zu, als bemerke er sie erst jetzt.

Seltsam, dachte Mulder, manchen Leuten kommt es gar nicht erst in den Sinn, daß auch eine Frau ein Special Agent sein könnte. Selbst wenn sie so scharf aussieht wie Scully. Man muß sie ständig mit der Nase darauf stoßen.

„Hi“, grüßte Meecham und wollte sich wieder Mulder zuwenden, aber Scully kam ihm zuvor.

„Steht schon fest, woran er gestorben ist?“ erkundigte sie sich.

„Sie“, verbesserte Meecham sie brüsk. „Ganesha war eine zwölfjährige indische Elefantenkuh. Soweit ich es beurteilen kann, hat sie sich schlicht zu Tode gerannt. Ist durch völlige Erschöpfung gestorben.“

„Wie ist sie entkommen?“ fragte Scully.

Meecham runzelte die Stirn. „Tja, ich muß gestehen, das ist uns ein Rätsel. Als man mich angerufen und mir gesagt hat, daß sie auf der Schnellstraße liegt, war ich sicher, ihren Käfig geöffnet vorzufinden. Aber er war ordnungsgemäß abgesperrt. Genau so, wie ich ihn zuletzt gesehen habe, als der Zoo geschlossen hat."

„Haben Sie irgendeine Ahnung, wie ein Elefant aus einem verschlossenen Käfig entkommen kann?" Mulder fixierte sein Gegenüber.

„Nein, Sir", erwiderte Meecham. „Es gibt auch keine Anzeichen dafür, daß sich irgend jemand heimlich an dem Käfig zu schaffen gemacht hat."

Mulder und Scully tauschten einen Blick.

Glauben Sie immer noch, ein unsichtbarer Elefant ist undenkbar? fragte Mulder wortlos.

Warten wir's ab, gab Scully genauso wortlos zurück.

Meecham, der währenddessen die Zerstörungen in der Straße betrachtete, kratzte sich nachdenklich hinterm Ohr.

„Was für ein Chaos", sagte er. „Man sollte doch erwarten können, daß hier Ordnung geschaffen wird."

„Wir haben die Polizei gebeten, den Tatort nicht anzurühren, damit wir ihn untersuchen können, bevor die Spuren beseitigt werden", erklärte Mulder.

„Tja, ich nehme an, Sie wissen selbst am besten, wie Sie Ihre Arbeit zu erledigen haben", meinte Meecham. „Mein Job sind die Tiere. Ich arbeite schon seit dreißig Jahren im Zoo."

„Dann kennen Sie sich also mit Elefanten aus?"

„Ich kenne mich mit allen Viechern im Zoo aus. Wie ich schon sagte, das ist mein Job."

„Dann können Sie mir vielleicht ein paar Informationen geben." Mulder beugte sich ein wenig vor.

„Wenn es mit dem Zoo zu tun hat, kein Problem", erwiderte Meecham.

„Ich habe etwas über eine sogenannte Elefantenrebellion gelesen", begann Mulder. „Es hat Berichte aus Zoos überall im Land gegeben. Eine zunehmende Häufung von Fällen, in denen Elefanten ein gewalttätiges Verhalten an den Tag gelegt haben. Sie haben ihre Wärter angegriffen und ihre Käfige beschädigt. Hat Ganesha jemals Schwierigkeiten gemacht?"

Meechams Gesicht wurde hart. „Elefanten sind sehr große und sehr eigensinnige Tiere."

Mulder wartete, daß der Mann weitersprach, doch Meecham schwieg.

„Also *hat* es Probleme gegeben?"

Meecham preßte die Lippen zusammen. „Danach sollten Sie nicht mich fragen", erwiderte er gereizt. „Willa Ambrose ist die richtige Ansprechpartnerin für Sie."

„Ambrose?" fragte Scully und notierte den Namen. „Wo ist sie? Irgendwo im Zoo?"

„Ja", bestätigte Meecham. Sein Gesicht sah aus, als hätte er einen schlechten Geschmack im Mund. „Sie ist so etwas, was man als Tierfanatikerin bezeichnen könnte. Der Aufsichtsrat des Zoos hat sie letztes Jahr angeheuert."

„Und worin besteht ihre Aufgabe?" wollte Scully wissen.

„Sie soll den Zoo modernisieren", brummte Meecham. „Sie wissen schon, all das neumodische Zeug, das neuerdings aufkommt. Jetzt soll sie den Laden schmeißen. Nicht daß sie schon vorher jemals in einem Zoo gearbeitet hätte, nicht daß sie viel über Tiere wüßte . . . von Büchern und vielleicht ein paar Videos einmal abgesehen."

„Sie dagegen kennen sich mit Tieren aus", vermutete Mulder.

„Das will ich meinen“, behauptete Meecham.

„Einschließlich Elefanten?“

„Einschließlich Elefanten“, bestätigte Meecham.

„Dann lassen Sie mich Ihnen eine Frage stellen“, sagte Mulder. „Diese Zerstörungen hier in der Straße, glauben Sie, ein geflohener Elefant hätte sie verursachen können?“

„Wollen Sie meine ehrliche Meinung hören?“ fragte Meecham. Er blickte noch einmal die Straße entlang: „Ja.“

„Sind Sie sich sicher?“ vergewisserte sich Mulder.

„Ja“, wiederholte Meecham.

„Danke“, sagte Mulder und warf Scully einen triumphierenden Blick zu.

Meecham sah auf seine Uhr. „Wenn Sie mich nicht mehr benötigen, ich muß zurück zu meiner Arbeit. Fütterungszeit.“

„Vielen Dank für Ihre Hilfsbereitschaft“, erwiderte Mulder. „Vielleicht haben wir später noch ein paar Fragen an Sie. Sie wissen schon, Fragen, bei denen uns Ms. Ambrose vielleicht nicht weiterhelfen kann.“

„Tun Sie sich keinen Zwang an.“ Meecham war geschmeichelt. „Wann immer Sie wollen.“

Mulder wartete, bis der Mann in seinen Lastwagen gestiegen und fortgefahren war. Dann ließ er sich auf Hände und Knie nieder und begann, in den Zeitungen zu wühlen, die vor dem zerschmetterten Kiosk herumlagen.

„Wonach suchen Sie?“ fragte Scully und wappnete sich vorsorglich gegen seine Antwort.

„Nach einer Lokalzeitung“, erwiderte Mulder, ohne zu ihr aufzublicken. „Ich möchte nachsehen, ob David Copperfield in die Stadt kommt.“

4

„Nicht gerade viel los hier“, bemerkte Scully und sah sich um. Sie und Mulder hatten beschlossen, daß es Zeit war, dem Zoo einen Besuch abzustatten.

„Es ist ein Wochentag“, gab Mulder zu bedenken. „Wahrscheinlich ist der Andrang an den Wochenenden größer.“

„Sollte er auch“, sagte Scully. „Es ist hübsch hier. Besser als in vielen anderen Zoos, die ich gesehen habe. Einige davon . . . nein. Man bekommt richtig Mitleid mit den Tieren.“

Mulder nickte und sah sich weiter um. „Stimmt. Man würde am liebsten die Wärter in die Käfige sperren.“

Der Fairfield Zoo machte in der Tat einen guten Eindruck. Die Käfige der Tiere waren groß und sauber. In den Freigehegen wuchsen Bäume, Felsformationen und kleine Bäche sorgten für eine annähernd natürliche Umgebung. Die Tiere wirkten gesund und wohlgenährt. Mulder und Scully entdeckten Löwen und Panther, Riesenschlangen und Schakale, Rhinozerosse und Lamas, Flamingos und Seehunde. Sie schlenderten die gewundenen Wege entlang und betraten verschiedene Gebäude auf der Suche nach einem Mitarbeiter des Zoos.

Vor einem Freigehege blieb Scully eine Weile stehen und betrachtete einen riesigen bengalischen Tiger, der dicht hinter den Eisenstäben unablässig auf- und abging. Die Muskeln zeichneten sich bei jedem Schritt deutlich sichtbar unter dem Fell ab. Als er Scully bemerkte, riß er das Maul auf und brüllte. Dann nahm er seine Wanderung grollend wieder auf.

„Er ist wunderschön." Scully war ergriffen. „Er erinnert mich an ein Gedicht von William Blake.

Tiger, Tiger, burning bright,
In the forest of the night."

„Ja", murmelte Mulder und beendete die Strophe für sie:

„What immortal hand or eye,
Could frame thy fearful symmetry?"

„Symmetrie", überlegte Scully laut. „Das ist eine Art Gleichgewicht."

„Richtig." Mulders Augen folgten den harmonischen Bewegungen des Tigers. „Ein Gleichgewicht zwischen zwei Gegensätzen."

„Vielleicht ist das der Grund, warum ich in einem Zoo immer so ein komisches Gefühl habe", fuhr Scully fort. „Als wäre irgend etwas falsch. Das Gleichgewicht scheint gestört zu sein. Sehen Sie sich zum Beispiel an, wie sich dieser Tiger bewegt, hin und her, hin und her. Und wie er in die Ferne zu blicken scheint, wenn er stehenbleibt. So ist es mit allen Tieren. Sie brauchen freien Raum um sich herum, und den gibt es hier nicht."

Mulder tippte nachdenklich mit der Fußspitze auf den Boden. Er nickte. „Viele Menschen empfinden genauso. Es gibt eine regelrechte Protestbewegung gegen das Konzept von Zoos."

Der Tiger drehte sich zu ihnen um und brüllte wieder. Seine tückisch aussehenden Zähne glänzten.

„Allerdings spricht auch einiges für Eisengitter", stellte Scully fest und wich instinktiv ein paar Schritte zurück.

In diesem Moment entdeckte Mulder einen Wärter, einen älteren Mann in einer grünen Uniform.

„Hi!“ rief er. „Wir suchen jemanden, der uns sagen kann, wo wir Willa Ambrose finden können. Heute scheinen nicht allzu viele Leute hier zu arbeiten.“

Der Mann schüttelte den Kopf. „Hier arbeiten nie allzu viele Leute. Es hat eine Menge Einsparungen gegeben. Finanzielle Probleme. Keine Ahnung, wie lange mein Job noch sicher ist, und ich arbeite schon seit dreißig Jahren hier.“

Er schwieg eine Weile, bevor ihm einfiel, daß die beiden Besucher eine Auskunft von ihm haben wollten. „Willa Ambrose. Ich habe sie vorhin in der Nähe des Vogelhauses gesehen, hinter den Eisbären. Sie sollten dort nachschauen.“

Mulder bedankte sich und schlug mit Scully die angegebene Richtung ein. „Es scheint, als hätten die menschlichen Tiere hier ihre eigenen Probleme . . .“

„Stimmt.“ Scully atmete hörbar aus. „Sie fühlen sich ebenfalls eingeengt.“

Sie kamen an dem Freigehege vorbei, in dem die Eisbären in einem flachen Becken herumplanschten, um sich Kühlung von der heißen Sonne zu verschaffen, und erreichten schließlich ein Gebäude mit der Aufschrift *AVIARIUM*.

Das Vogelhaus war groß und hatte eine hohe Decke. Überall wuchsen tropische Pflanzen, dazwischen gab es in Felsmulden flache Tümpel. Die Luft war vom Geschrei buntgefiederter Vögel in allen erdenklichen Farben erfüllt.

Es befand sich nur eine Person im Aviarium, eine etwa dreißigjährige Frau. Sie war groß und schlank und trug ein weißes Hemd und verwaschene Jeans. In den Armen hielt sie einen Stapel Bücher und Notizblöcke, die sie jedoch nur zu belasten schienen, während sie liebevoll die gefiederte Schar betrachtete.

„Ms. Ambrose?“ fragte Scully.

Die Frau drehte sich um. „Ja, ich bin Willa Ambrose“, erwiderte sie mit einem höflichen Lächeln.

„Ich bin Agent Scully, und das ist Agent Mulder“, sagte Scully. „Wir sind vom FBI.“

Willas Lächeln erlosch, die Wärme in ihrer Stimme ebenfalls. „Ja?“

„Dürften wir Ihnen ein paar Fragen stellen?“

„Geht es um Ganesha?“

„Ja“, bestätigte Mulder. „Wir haben bereits mit einem Mr. Meecham gesprochen. Soweit ich weiß, arbeitet er hier.“

„Mein Organisationsleiter“, erklärte Willa frostig.

„Wie auch immer.“ Mulder hob die Schultern. „Jedenfalls wollte er uns nicht alle Fragen beantworten. Er meinte, wir sollten uns an Sie wenden.“

„Tatsächlich?“ Willa hob leicht überrascht die Augenbrauen, schien aber über diese Nachricht erfreut zu sein. Ihre Miene und ihre Stimme wurden sanfter. „Es tut mir leid, wenn ich abweisend war. Sie haben mich unvorbereitet erwischt. Wie kann ich Ihnen behilflich sein?“

„Ein Angestellter des Federal Highway Department hat kürzlich einen tödlichen Unfall erlitten“, sagte Scully. „Es wäre möglich, daß ein aus Ihrem Zoo entflohener Elefant in den Todesfall verwickelt war.“

Willas Lächeln erlosch erneut. „Soweit ich gehört habe, konnten die Zeugen nicht sagen, wodurch der Mann getötet worden ist.“

Scully warf Mulder einen schnellen Blick zu. Ihr Gesichtsausdruck verriet ihm, daß er jetzt übernehmen sollte. Der Killerelefant war sein und nicht ihr Einfall gewesen – sie konnte es Willa Ambrose nicht verdenken, daß sie eine Idee zurückwies, die nicht nur etwas ungewöhnlich, sondern vollkommen abwegig war.

Mulder sprang ohne das geringste Zögern in die Bresche. „Was wir eigentlich herauszufinden versuchen, ist, wie Ganesha entkommen konnte."

„Was hat Ed Meecham Ihnen gesagt?"

„Er hat gesagt, der Käfig wäre genauso verschlossen gewesen, wie er ihn verlassen hat", antwortete Mulder wahrheitsgemäß.

Willa zuckte die Achseln. „Was könnte ich Ihnen dazu sonst noch erzählen?"

„Ein Mann wurde zu Tode getrampelt." Mulder blieb geduldig. „Von einem sehr großen Tier. Ein Elefant aus Ihrem Zoo wurde 43 Meilen von hier entfernt gefunden. Niemand macht irgend jemandem einen Vorwurf. Wir versuchen lediglich, die Fakten aufzudecken, die mit diesem Vorfall in Verbindung stehen."

„Okay", lenkte Willa ein. „Ich schätze, Sie machen einfach nur Ihren Job. Was halten Sie davon, wenn ich Ihnen Ganeshas Käfig zeige? Das wird Ihnen mehr helfen als alles, was ich Ihnen sagen könnte."

Der Elefantenkäfig war nur einen kurzen Fußmarsch entfernt. Er wurde auf drei Seiten von einem hohen Zaun aus Eisenstäben und auf der Rückseite von einer Betonwand umgeben. Das Tor im Zaun war durch ein schweres Schloß gesichert.

„Hier hat sich Ganesha aufgehalten, wenn sie nicht in ihrem Gehege war“, erklärte Willa.

„Und wo ist ihr Gehege?“ fragte Mulder.

„Hinter diesen großen Stahltüren in der Rückwand“, erwiderte Willa. „Dort war sie tagsüber, damit die Besucher sie sehen konnten. Nachts ist sie wieder auf diese Seite gebracht worden. Das Gehege ist übrigens recht hübsch. Möchten Sie es sich ansehen?“

„Nein, danke“, winkte Mulder ab. „Was mich im Moment interessiert, ist der Käfig. Von hier aus ist sie geflohen, richtig?“

„Scheint so“, meinte Willa.

„Wer hat den Schlüssel zu dem Schloß?“ wollte Mulder wissen.

„Nur Ed Meecham und ich“, antwortete Willa. Sie bemerkte, daß Scully den oberen Rand des hohen Metallzauns betrachtete. „Elefanten sind keine sonderlich guten Hochspringer, falls es das ist, was Sie denken.“

„Eigentlich habe ich mich gefragt, warum Sie einen derart kleinen Käfig für ein so großes Tier haben“, gab Scully zurück.

Willa sah nicht allzu glücklich aus, als sie die Frage beantwortete. „Dieser Zoo ist in den Vierzigern errichtet worden. Viele Käfige und Gehege sind zu klein, und deshalb hat man mich angeheuert, um dabei zu helfen, die Anlagen zu modernisieren. Ich habe vor, den Lebensraum der Tiere zu vergrößern und naturnäher zu gestalten. Aber solche Dinge erfordern ihre Zeit.“

Mulder deutete auf zwei schwere Ketten, die im Boden eingelassen waren. „Wozu dienen die?“ erkundigte er sich.

Willa sah betreten zu Boden. „Es sind Fußfesseln", erklärte sie. „Man verwendet sie, um die Bewegungsfreiheit eines Tiers einzuschränken."

„Wurden sie bei Ganesha benutzt?" fragte Scully.

„Nein", sagte Willa fest. „Diese Praktiken habe ich abgeschafft, als ich hier meine Arbeit begonnen habe."

„Und wer hat das vorher so praktiziert?" Mulder runzelte die Stirn.

Willas Gesicht verhärtete sich. „Ed Meecham", antwortete sie mit einem Anflug von Schärfe in der Stimme. „Er gehört einer anderen Generation von Zooleuten an. Viele seiner Praktiken sind . . . nicht aufgeklärt."

„Wie ist Ihr Verhältnis zu Ed Meecham?"

Willa lächelte verkniffen. „Ich bin sein Boß, und ich bin eine Frau. Diese Kombination behagt ihm nicht allzusehr. Außerdem gefällt ihm die Art nicht, wie ich den Zoo leite. Aber das ist sein Problem."

„Könnte er verärgert genug gewesen sein, um einen Sabotageakt zu begehen?" fragte Scully. „Könnte er so wütend sein, daß er einen Elefanten aus seinem Käfig herauslassen würde?"

Es folgte ein längeres Schweigen, während sich Willa Ambrose die Frage durch den Kopf gehen ließ.

In der Ferne erklang das Brüllen des Tigers.

5

Endlich schüttelte Willa den Kopf. „Ich kann mir nicht vorstellen, daß Ed Meecham so etwas tun würde. Es ist schon so, daß er nicht viel von mir hält und daß ihm meine Vorstellung, wie ein Zoo aussehen sollte, mißfällt. Aber er mag seinen Job, und dieser Zoo steckt in Schwierigkeiten, in finanziellen Schwierigkeiten. Die Stadt streicht die Gelder zusammen, und wir benötigen private Zuschüsse, um den Betrieb aufrechterhalten zu können. Irgendein Skandal, und die Zuschüsse würden sofort versiegen. Der ganze Laden würde den Bach runtergehen."

„Haben Sie mit Meecham über die Flucht des Elefanten gesprochen?" Mulder suchte weiter nach Anhaltspunkten. „Darüber, wie es passiert sein könnte? Was der Elefant vor seinem Tod dort draußen angestellt haben könnte?"

„Nein", entgegnete Willa. „Ed und ich sind nicht gerade Freunde. Wir sprechen kaum miteinander, außerdem ist Ed zur Zeit ziemlich beschäftigt. Er hat alle Hände voll damit zu tun, sich mit der W.A.O. herumzuschlagen."

„Der W.A.O.?" fragte Scully.

„Die *Wild Again Organization*", erläuterte Mulder. „Eine Organisation zur Auswilderung von Zootieren."

Scully lächelte in sich hinein. Sie konnte sich auf Mulder verlassen, wenn es um solche Informationen ging. Es gab keine ausgeflippte Vereinigung im Land, irgendwo auf der

Welt oder vielleicht sogar im ganzen Universum, von der Mulder nicht wußte.

„Was ist das für ein Verein?“ wollte sie wissen.

„Eine Gruppe von Leuten, die der Meinung sind, daß jedes in Gefangenschaft gehaltene Tier ein Verbrechen gegen die Natur darstellt“, antwortete Mulder, „und die außerdem glauben, gegen jedes Gesetz verstoßen zu dürfen, um dieses Verbrechen zu verhindern.“

„Die Geschichte mit Ganesha wird ihnen mächtig Auftrieb geben“, warf Willa grimmig ein. „Sie haben sogar schon eine neue Aktion gestartet. Einer ihrer Anführer hat dort, wo dieser Straßenbauarbeiter gestorben ist, Posten bezogen. Er verteilt Flugblätter an alle Autofahrer, die anhalten, um zu gaffen.“

„Wer ist er?“

„Ein Typ namens Kyle Lang.“

Scully registrierte den merkwürdigen Tonfall, ein leichtes Schwanken in der Stimme der Frau, als sie den Namen aussprach.

„Sie kennen ihn?“ hakte sie nach.

Willas Lippen wurden schmal. „Wir . . .“, sie zögerte einen Moment lang. „Wir sind uns ein paarmal in die Quere gekommen.“

„Was für ein Mensch ist er?“

„Er ist völlig von seiner Sache überzeugt“, sagte Willa mit gepreßter Stimme. „Für ihn gibt es nur Schwarz und Weiß, keine Zwischentöne. Entweder man steht auf seiner Seite, oder man ist sein Feind. Er . . .“ Sie verstummte erneut. „Aber das werden Sie schon selbst herausfinden, wenn Sie mit ihm sprechen“, fuhr sie fort. „Und ich bin mir sicher, daß Sie das tun werden.“

In der Ferne brüllte der Tiger.

„Ich sollte besser nachschauen, ob es da irgendwelchen Ärger gibt“, meinte Willa. „Manche Leute ziehen einen Kitzel daraus, die großen Katzen zu ärgern. Ich bemühe mich, es den Besuchern abzugewöhnen, grausam zu sein, aber das ist ein hartes Stück Arbeit.“ Sie seufzte und zuckte die Achseln. „Trotzdem muß ich es wenigstens versuchen. Man muß sein Bestes geben. Diese Welt ist vielleicht nicht perfekt, aber es ist die einzige, die wir haben.“

Mulder und Scully sahen ihr hinterher, als sie sich auf den Weg zum Tigergehege machte.

„Sie scheint völlig in ihrer Arbeit aufzugehen“, bemerkte Scully. „Obwohl sie mit einer Menge von Problemen zu kämpfen hat. Budgetkürzungen, überalterte Anlagen, unzufriedene Veteranen. Und dieser Bursche, Kyle Lang. Ich habe den Eindruck, daß er ihr mehr als alles andere zu schaffen macht. Warum wohl?“

„Befolgen wir am besten ihren Rat.“ Mulder schob die Hände in die Hosentaschen. „Suchen wir diesen Mr. Lang auf. Zumindest seine Flugblätter dürften interessant sein.“

„Lassen Sie uns zuerst in Washington nachfragen, ob dort eine Akte über ihn existiert“, schlug Scully vor. „Irgendwie glaube ich, daß es da etwas über ihn gibt, das uns Willa verschwiegen hat.“

„Okay“, stimmte Mulder zu und richtete seinen Blick in die Ferne. „Obwohl Fakten aus Akten und aus dem wirklichen Leben zwei gänzlich unterschiedliche Dinge sein können.“

Kyle Lang stand mit einem Stapel Flugblätter in der Hand an der noch unfertigen Fahrbahn der Schnellstraße, wo Ray

Hines gestorben war. Er war groß und schlank und trug ein Flanellhemd und Bluejeans. Die Art, wie er sich bewegte, verriet, daß er sich in seinem Körper wohl- und mit der Erde verbunden fühlte. Er lächelte Scully und Mulder an und hielt ihnen ein Flugblatt entgegen.

„Danke, wir werden es später lesen", sagte Mulder und steckte es in seine Jackentasche. „Im Augenblick möchten wir uns erst einmal mit Ihnen unterhalten. Und vielleicht mit Ihrem Freund dort drüben."

Er deutete auf einen rothaarigen jungen Mann, der an der Tür eines etwas weiter entfernt parkenden Lieferwagens lehnte. Der Junge schien kaum älter als zwanzig Jahre zu sein, und er sah so aus, als brodele unablässig die Wut in ihm. Auf seinem Gesicht lag ein finsterer Ausdruck, seine ganze Körperhaltung wirkte feindselig.

„Und wer sind Sie?" wollte Kyle wissen.

„Special Agent Fox Mulder", stellte sich Mulder vor. „Das ist meine Partnerin, Agent Dana Scully."

Er hatte halbwegs damit gerechnet, daß Lang eine Reaktion auf die Auskunft zeigen würde. Die meisten Leute verkrampften sich, wenn sie das Kürzel „FBI" hörten. Kyle dagegen blieb völlig ungerührt. Wenn ihm überhaupt etwas anzumerken war, dann höchstens eine leichte Belustigung.

„Sind Sie gekommen, um den Tatort zu besichtigen?" erkundigte er sich. „Dann sind Sie hier am falschen Ort. Ich würde Ihnen vorschlagen, sich im Zoo umzusehen."

„Da sind wir bereits gewesen", gab Mulder zurück.

„Dann haben Sie bestimmt den Käfig gesehen, in dem Ganesha gehalten wurde", vermutete Kyle. „Fünfzehn mal fünfzehn Meter. Für einen Elefanten."

„Halten Sie das für unmenschlich?“ Scully klang betont sachlich.

„Ich halte das für ein Verbrechen“, erwiderte Kyle, und jetzt war jede Spur von Belustigung aus seiner Stimme verschwunden. „Das ist ungefähr so, als würde man Sie oder mich zwingen, in einem Gurkenfaß zu wohnen.“

„Da wir gerade von kriminellen Handlungen sprechen“, griff Scully das Stichwort auf, „laut FBI-Akten sind Sie mehr als ein dutzendmal verhaftet worden. Wegen verschiedener Aktivitäten, die die Entführung von Zoo- und Zirkustieren einschließen.“

„Die W.A.O. betrachtet diese Aktionen als Befreiung“, entgegnete Kyle ruhig.

„Waren Sie in die Befreiung von Ganesha verwickelt?“ Scullys Frage kam schnell und hart.

„Das würde mich zum Komplizen bei einem Mord machen, nicht wahr?“ fragte Kyle zurück.

Einen Moment lang herrschte Schweigen.

„Tut mir leid, Leute“, meldete sich Kyle schließlich wieder zu Wort, „aber ich gestehe überhaupt nichts. Ein Tier in irgendeiner Form zu gefährden, verstößt gegen alles, woran die W.A.O. glaubt. Und Elefanten sind besonders schutzbedürftige Tiere.“

„Tatsächlich?“ fragte Mulder in absichtlich schroffem Tonfall. „Das hätte ich nie gedacht. Sie haben eine so dicke Haut.“

Scully wußte, was ihr Partner beabsichtigte. Er stichelte, um Kyle Lang zu reizen. Das war eine hervorragende Methode, einen Verdächtigen zum Reden zu bringen.

„Ich habe immer geglaubt, Elefanten wären nur große,

blöde und brutale Klötze mit einer Gier nach Erdnüssen“, hieb sie in die gleiche Kerbe.

Aber Kyle schien nicht wütend zu werden. Offenbar war ihm nur daran gelegen, sie aufzuklären.

„Sie könnten sich nicht mehr irren“, entgegnete er. „Elefanten sind unglaublich sanftmütige und intelligente Geschöpfe mit einer großen Seele. Ihr Verhalten und ihre Rituale stellen eine Verbindung zu einer Vergangenheit dar, die uns Menschen ein Rätsel ist. Wußten Sie, daß sie sogar ihre Toten beerdigen? Daß sie Friedhöfe haben, die mehrere hundert Jahre alt sind? Daß sie instinktiv wissen, wo die Gebeine ihrer Vorfahren liegen? Und daß wir Menschen keine Ahnung haben, wie sie das machen?“

„Sie wissen eine Menge über Elefanten“, stellte Mulder lächelnd fest.

„Ich wünschte, ich wüßte mehr über sie“, erwiderte Kyle. „Über alle Tiere. Je mehr man über sie erfährt, desto mehr bewundert man sie.“

„Aber Sie müssen doch irgendeine Vorstellung haben, was Ganeshas Ausbruch betrifft.“ Mulder blinzelte in die tief stehende Sonne. „Wo wollte sie hin? Wovor ist sie davongelaufen?“

„Wollen Sie das wirklich wissen?“ fragte Kyle.

„Aus diesem Grund haben wir die lange Reise unternommen.“ Mulder lächelte noch breiter und nickte.

„Dann kommen Sie mit mir“, forderte Kyle ihn auf. „Ich werde mehr tun, als es Ihnen nur zu erklären. Ich werde es Ihnen zeigen.“

6

„Folgen Sie unserem Wagen“, sagte Kyle. „Unser Ziel ist eine halbe Stunde Fahrzeit entfernt.“

„Wohin bringen Sie uns?“ fragte Scully.

„Zu einer Videovorführung“, erwiderte Kyle. „Schulfernsehen.“

Er ging zu seinem Lieferwagen und sprach kurz mit dem rothaarigen jungen Mann. Dann stiegen sie ein und fuhren in Richtung Fairfield davon.

Scully folgte ihnen. Auf halber Strecke schaltete sie die Scheinwerfer an. Die Sonne ging langsam unter.

Als der Lieferwagen in einem heruntergekommenen Viertel der Stadt anhielt, war es bereits dunkel. Scully parkte hinter ihm und stieg mit Mulder aus.

Kyle und sein Freund warteten vor einem baufälligen zweistöckigen Gebäude. An der Vorderfront des Hauses hing ein W.A.O.-Emblem. Kyle schloß die Tür auf, und sie traten ein.

„Willkommen in unserem Büro“, sagte er. „Wie Sie sehen können, ist unsere Organisation nicht gerade wohlhabend.“

Das Büro war mit abgenutzten Möbeln eingerichtet. Außerdem enthielt es mehrere nicht mehr ganz neue Computer, einen alten Drucker, ein uraltes Kopiergerät sowie stapelweise Bücher, Zeitungen, Plakate und Flugblätter. In einer Ecke stand ein zerkratztes Videogerät auf einem ebenso zerkratzten Fernseher.

„Nehmen Sie Platz und genießen Sie die Vorführung“, lud Kyle seine Besucher ein und schob eine Kassette in das Videogerät. „Ich werde die Bilder kommentieren. Vielleicht hat Red die eine oder andere Bemerkung beizusteuern, wahrscheinlich aber nicht . . . Red hält mehr von Taten als von Worten.“

Nachdem Mulder und Scully sich gesetzt hatten, schaltete Kyle das Videogerät an.

Auf der Mattscheibe erschien das Bild eines Elefanten. Er war mit den Stoßzähnen so dicht an den Boden gefesselt, daß er mit seitlich verdrehtem Kopf und Rüssel auf den Knien liegen mußte. Hinter ihm standen zwei Wärter und stachen mit langen Stangen auf ihn ein.

„Die Fesselkette wird als Martingal bezeichnet“, erklärte Kyle. „Sie gehört zu Ed Meechams Lieblingsinstrumenten. So behandelt er diese majestätischen Tiere. Ein schöner Tierfreund. Alles, was er an Tieren mag, ist die Macht, die er über sie hat.“

Er hielt das Bild an und fuhr fort: „Sie wollten wissen, wovor Ganesha weggerannt ist? Sehen Sie es sich genau an. Sie wollten wissen, wonach sie gesucht hat? Schlagen Sie im Wörterbuch nach. Das Wort, das Sie suchen, heißt Freiheit.“

„Wird diese Behandlung immer noch fortgeführt?“ fragte Mulder.

„Meecham ist ein Barbar“, erwiderte Kyle düster. „Er quält die Tiere im Fairfield Zoo schon seit Jahren. Wir sind uns sicher, daß er damit auch jetzt noch weitermacht.“

„Dann haben Sie also Beweise?“ erkundigte sich Scully und drehte sich um, um Lang anzusehen.

Dabei begegnete sie Reds Blick. Aus seinen Augen schlug ihr eisiger Haß entgegen. Scully schauderte – sie brauchte nicht ein Wort von ihm zu hören, um zu wissen, daß Red alles für seine Überzeugung tun würde. Er hatte die Augen eines wahren Gläubigen, eines Fanatikers.

„Wir werden unsere Beweise schon noch bekommen, keine Angst“, sagte Kyle etwas zu selbstbewußt.

„Vielleicht auch nicht.“ Mulder lehnte sich zurück. „Wir haben mit Willa Ambrose gesprochen. Sie behauptet, sie hätte einigen von Meechams Praktiken einen Riegel vorgeschoben.“

„Willa Ambrose?“ Kyle schnaubte abfällig. „Sie ist viel zu sehr mit anderen Dingen beschäftigt, als daß sie Meecham im Auge behalten könnte.“

„Mit was für Dingen?“ wollte Scully wissen.

„Mit einem Rechtsstreit, den sie gerade führt“, antwortete Kyle.

„Gegen wen?“ fragte Mulder.

„Gegen die Regierung von Malawi in Afrika.“

„Und worum geht es bei diesem Streit?“

„Um Sophie.“

„Sophie?“ fragte Scully.

„Sophie ist ein Tieflandgorillaweibchen“, erklärte Kyle. „Willa hat sie vor zehn Jahren aus einem nordafrikanischen Zollamt gerettet, von wo aus Schmuggler sie in einen europäischen Zoo verschiffen wollten. Durch die schlechte Behandlung war Sophie mehr tot als lebendig. Willa hat sie gesund gepflegt und wie ein kleines Kind großgezogen. Aber mittlerweile haben die Behörden von Malawi Sophie aufgespürt und verlangen sie zurück. Angeblich wollen sie ein Naturreservat einrichten und ihr dort ein Zuhause geben. Aber in Wirklichkeit geht es ihnen lediglich um eine Touristenattraktion. Pech für Willa. Sie liebt das Tier.“ Trotz seiner Worte war kein Mitgefühl aus seiner Stimme herauszuhören. Eher das Gegenteil.

„Also glauben Sie, daß Malawi den Prozeß gewinnen wird“, vermutete Mulder.

Kyle zuckte die Achseln. „Was spielt das schon für eine Rolle? Wer auch immer gewinnt, dieser Fall ist ein Paradebeispiel dafür, was Menschen Tieren antun. Wir verwandeln sie in Objekte für unser eigenes selbstsüchtiges Vergnügen.“

„Ich dachte, Sie hätten gerade gesagt, Willa hätte diesen Gorilla gerettet“, warf Scully ein.

Kyle schob das Kinn vor. „Sie hat Sophie gerettet, um ihr ein Leben hinter Gittern zu bescheren. Es wäre ihre Pflicht gewesen, sie wieder in die Wildnis zu entlassen. Alle Tiere sollten frei herumlaufen dürfen.“

Allmählich begann Kyle, Scully auf die Nerven zu gehen. Sich für einen guten Zweck zu engagieren, war eine Sache, heiliger als der Papst zu sein, eine andere.

„Sollen sie auch dann frei herumlaufen dürfen, wenn das bedeutet, daß sie einen Menschen zu Tode trampeln?“ fragte sie scharf und wich dabei Mulders Blick bewußt aus. Ihre Frage enthielt das Zugeständnis, daß Ganesha den Straßenbauarbeiter getötet hatte, und Scully hatte nicht das Bedürfnis, die Belustigung in Mulders Augen aufflackern zu sehen. Sie kannte diese Situation nur zu gut. Manchmal wünschte sie sich, es würde nicht so oft damit enden, daß sie sich seinen Theorien anschloß.

„Vielleicht hätte der Kerl einfach ausweichen sollen“, schlug Kyle mit seiner aufreizenden Selbstsicherheit vor.

„Ich bin sicher, daß er ausgewichen wäre, wenn er den Elefanten gesehen hätte“, murmelte Mulder fast wie im Selbstgespräch und stand dann auf. „Danke, daß Sie Zeit für uns hatten, Mr. Lang. Wir werden bestimmt noch einmal auf Sie zurückkommen.“

Als sie wieder draußen vor dem Gebäude standen, wandte er sich zu Scully und sagte: „Die Spur wird langsam heißer. Was immer hier vor sich geht, der Schlüssel dazu liegt im Zoo.“

„Und jetzt wissen wir auch, wer dahinter steckt“, fügte Scully hinzu.

„Mr. Lang und seine W.A.O.?“ fragte Mulder. „Glauben Sie, sie hätten den Elefanten befreit?“

Scully registrierte die Erheiterung in seiner Stimme. „Sie haben selbst gehört, was Kyle Lang gesagt hat“, gab sie gereizt zurück. „Alle Tiere sollten frei herumlaufen dürfen. Ich spreche von Fakten, die Sie nicht abstreiten können.“

„Und wie erklären Sie sich dann ein paar andere Fakten?“ ereiferte sich Mulder. „Zum Beispiel die Aussagen der Augenzeugen? Die Videobänder von den Überwachungskameras in der Bank? Wie erklären Sie sich die Tatsache, daß niemand den Elefanten gesehen hat, bis er meilenweit vom Zoo entfernt war?“

Scully ging in Gedanken noch einmal schnell den Polizeibericht durch und faßte die Erkenntnisse zusammen. „Die Beleuchtung an der Straßenbaustelle stammte von Quecksilberdampflampen mit einer Lichtstärke in der Größenordnung von 10 000. Mit anderen Worten, blendendhell. Auf jeden Fall hell genug, um die Fähigkeit des menschlichen Auges, sich auf die Dunkelheit einzustellen, erheblich einzuschränken. Und die Überwachungskameras in der Bank sind minderwertig. Ein grauer Elefant könnte von den Bändern nicht aufgezeichnet worden sein, besonders nicht in dem schwachen Licht vor dem Gebäude."

Mulder tat das, was er meistens machte, wenn Scully eine Reihe wissenschaftlicher Erklärungen aufführte: Er setzte eine skeptische Miene auf.

„Ich weiß nicht, Scully", sagte er kopfschüttelnd. „Diese Burschen mögen vielleicht große Reden schwingen, aber ich glaube, das ist auch schon alles. Viel Palaver."

„Diese Burschen sind geradezu prädestiniert für diese Art von Unfug", beharrte Scully auf ihrer Meinung. „Sie können mir nicht erzählen, daß sich Kyle Lang nicht mit Leib und Seele der Bewegung verschrieben hat. Und haben Sie sich diesen Jungen, Red, einmal genauer angesehen? Er macht den Eindruck, als würde er bedenkenlos seine eigene Mutter überfahren, um einem Eichhörnchen auszuweichen. Ganz zu schweigen davon, daß die Leute über hochtechnische Ausrüstungsgegenstände verfügen, trotz des Gejammers über ihre finanzielle Situation. Haben Sie diese Kamera für Nachtaufnahmen in einem der Regale gesehen?"

„Da wir gerade von nächtlicher Spionage sprechen . . .", erwiderte Mulder und schielte nach oben.

Scully folgte seinem Blick. Kyle und Red beobachteten sie mit verkniffenen Mündern und schmalen Augen aus dem erleuchteten Fenster im oberen Stockwerk. Ihr Eintreten für Rücksichtnahme und Mitgefühl erstreckte sich eindeutig nicht auf das FBI.

Mulder und Scully gingen weiter und bogen in eine Seitenstraße. Sobald sie außer Sichtweite waren, blieb Scully stehen und sagte mit Nachdruck: „Es würde mich nicht überraschen, wenn sie versuchten, die Sache am Laufen zu halten."

„Indem sie was tun?"

„Ein weiteres Tier befreien! Willa Ambrose hat gesagt, der Zoo hätte Geldschwierigkeiten. Wenn er noch ein größeres Tier verlieren würde, müßte er vielleicht endgültig schließen. Die W.A.O. würde ein Freudenfest feiern."

Mulder dachte einen Moment lang darüber nach. Er fuhr sich mit der Hand über die Stirn. „Sie könnten recht haben", gab er zu. „Warum behalten Sie nicht die W.A.O. im Auge? Sollte irgend etwas passieren, können Sie mich anrufen. Ich hole mein Handy aus dem Wagen."

„Wo wollen Sie denn hin?" fragte Scully irritiert.

„Ich werde mich ein wenig mit den Tieren unterhalten . . ."

7

Sie hießen Frohike, Byers und Langley, aber sie selbst nannten sich *The Lone Gunmen*. Ihr erklärtes Ziel war es, offizielle Lügen zu entlarven und Vertuschungsaktionen aufzudecken. Die drei trauten nicht einmal der eigenen Regierung. Ihre Jagd galt den dunklen Kräften hinter der weißen Tünche.

Die Medien bezeichneten sie als konspirative Spinner, paranoide Sonderlinge, die überall eine Verschwörung witterten.

Fox Mulder setzte sich immer dann mit ihnen in Verbindung, wenn er Informationen benötigte, an die er sonst nicht herankommen konnte.

Diesmal rief er sie aus einem ultramodernen Telekommunikationsraum an, der Teil eines brandneuen Fotokopier- und Faxzentrums von Fairfield war. Mulder schmunzelte in sich hinein – selbst in Idaho hielt die moderne Technik Einzug.

Durch das Fenster des Raumes, in dem er sich aufhielt, konnte Mulder Studenten und andere Leute beobachten, die Unterlagen durch Kopiermaschinen jagten. Niemand beachtete ihn, als er vor dem großen Bildschirm die Telefonnummer wählte, die *The Lone Gunmen* ihm gegeben hatten.

„Bingo“, sagte er, als zwei Männer auf dem Bildschirm vor ihm erschienen.

Der eine war Frohike mit seinem Bürstenhaarschnitt, dem übergroßen olivgrünen Drillichanzug und der Marinecorpsarmbanduhr. Neben ihm saß Byers, der wie ein Versicherungsvertreter aussah, in einen makellosen Anzug mit weißem Hemd und gestreifter Krawatte gekleidet.

„Beam me up, Scotty", krähte Frohike.

Das war die typische Eröffnung eines typischen Gesprächs mit den Gunmen, ausgeflippt, vertraulich und ziemlich verrückt.

„Hat dir schon mal jemand gesagt, daß du sehr fotogen bist, Frohike?" fragte Mulder ohne das geringste Zögern.

„Klar", bestätigte Frohike. „Die Polizisten, die mich bei der letzten Demonstration verhaftet haben."

„Was kostet diese Geschichte die Steuerzahler, Mulder?" meldete sich Byers zu Wort.

„Hundertundfünfzig Dollar die Stunde."

„Aua", stöhnte Frohike. „Fast so viel wie ein Haarschnitt des Präsidenten. Aber jedenfalls nicht annähernd so viel wie eine Klobrille der NASA. Trotzdem werde ich bei meiner nächsten Steuererklärung daran denken."

„Und wann hast du deine letzte abgegeben?" konnte Mulder sich die Frage nicht verkneifen.

„Tut mir leid, diese Information unterliegt der Geheimhaltung", gab Frohike aufgeräumt zurück. „Die Formulierung dürfte dir nicht unbekannt sein. Schließlich arbeitest du ja für die Bundesbullen."

„Übrigens, wo steckt Langley?" fragte Mulder, der den dritten Gunman vermißte.

„Er sitzt hier neben dem Aufnahmebereich der Kamera", sagte Byers. „Anscheinend hat er was dagegen, sein Bild über Satellit verbreiten zu lassen. Wer weiß, wer gerade zusieht? Ist nicht persönlich gemeint, verstehst du?“

„Kommen wir auf dich zurück, Mulder, was treibst du in Idaho?“ wollte Frohike wissen.

„Ich bin im Dienst“, antwortete Mulder. „Was wißt ihr Burschen über Fairfield?“

„Fairfield, Fairfield“, murmelte Byers. „Mal sehen. Keine Nervengasfabriken. Keine Raketensilos. Keine unterirdischen Müllkippen für radioaktiven Abfall. Aber es gibt dort einen hübschen kleinen Zoo. Da passieren eine Menge seltsamer Dinge . . . Tiere entkommen und verschwinden spurlos.“

„Habt ihr irgendeine Ahnung, wie oder warum?“ Mulder beugte sich vor.

„Du befindest dich ganz in der Nähe der Mountain Home Air Base“, erwiderte Frohike mit leuchtenden Augen.

„Und was soll das bedeuten?“

Frohike grinste breit. „Es ist eine Gegend, in der häufig UFO-Sichtungen stattfinden.“

„Ich habe eine andere merkwürdige Information für dich, Mulder“, fügte Byers hinzu. „Kein Tier im Fairfield Zoo hat jemals Junge bekommen.“

„Weder Säugetiere noch Vögel“, bekräftigte Frohike.

„Ein völliges Rätsel“, fuhr Byers fort. „Ich kenne da jemanden, der dir vielleicht ein paar Antworten geben könnte.“

„Wen?“ Mulder lehnte sich noch weiter vor.

„Die Frau, die den Zoo leitet, hat ein Gorillaweibchen namens Sophie“, berichtete Byers. „Sophie beherrscht die Zeichensprache. Sie verfügt über ein Vokabular von mehr als tausend Worten. Und im Gegensatz zu Menschen lügen Gorillas nie.“

In diesem Augenblick klingelte Mulders Handy.

„Eine Sekunde, Leute“, unterbrach er. „Ich bekomme gerade einen Anruf.“

„Falls es deine reizende Partnerin Scully ist“, dröhnte Frohike, „dann erzähl ihr, daß ich hart trainiert habe. Ich bin fit wie ein Turnschuh.“

„Na klar“, gab Mulder zurück. „Ich bin sicher, daß sie glücklich sein wird, das zu hören. Jetzt mußt du sie nur noch davon überzeugen, daß du nicht verrückt bist.“

„Das ist deine Aufgabe, Mulder“, erwiderte Frohike und zwinkerte vergnügt.

„Ich werde es auf meine Liste der Dinge setzen, die ich demnächst erledigen muß“, versprach Mulder. „Aber jetzt ruft die Pflicht. Entschuldigt mich, Leute.“ Er griff nach seinem Handy.

„Mulder, ich bin's“, flüsterte Scully in ihr Telefon. Sie stand in einem dunklen Winkel der Straße, die am Zoo vorbeiführte.

„Was gibt's?“

„Ich hatte recht“, berichtete Scully. „Ich bin dem Jungen aus der W.A.O. zum Zoo gefolgt.“

„Red?“ vergewisserte sich Mulder.

„Genau der“, bestätigte Scully. „Er klettert gerade über den Zaun.“

„Ich bin schon unterwegs, Scully.“ Mulder sprang auf. „Bleiben Sie, wo Sie sind.“

„Unmöglich“, widersprach Scully. „Ich hefte mich an seine Fersen. Ich möchte wissen, was er vorhat.“

„Aber . . .“, begann Mulder, doch dann wurde ihm klar, daß es sinnlos war, mit Scully zu streiten, wenn es um ihre Arbeit ging. „Seien Sie vorsichtig“, war alles, was er sagen konnte.

„Bis gleich“, beendete Scully das Gespräch und unterbrach die Verbindung.

Sie huschte zu der Stelle des Zauns, über die Red gestiegen war, und hangelte sich schnell hinauf. Das Training im Fitneßstudio mochte anstrengend sein, doch bei solchen Gelegenheiten zahlte es sich aus.

Jenseits des Zauns und der Büsche entdeckte sie den Jungen wieder. Er trug einen Rucksack und kletterte gerade über eine Felsmauer, die ein Tiergehege umschloß. Scully mußte zugeben, daß er sich äußerst geschickt anstellte.

Doch was Red konnte, konnte sie schon lange. Sie trat an den Fuß der Felsmauer, spannte die Muskeln . . . und erstarrte, als eine Hand ihre Schulter von hinten brutal umklammerte und sie herumriß.

„Was, zum Teufel, haben Sie eigentlich vor?“ fragte Ed Meecham, ohne seinen Griff zu lockern. In der anderen Hand hielt er einen gefährlich aussehenden spitzen Stab, wie er zum Treiben von Vieh verwendet wird. Sein fleischiges Gesicht war rot vor Zorn und verriet ihr, daß er den Stab am liebsten an ihr ausprobiert hätte.

„Ein Mitglied der W.A.O. befindet sich hier auf dem Gelände.“ Scully sprach hastig und leise.

Meechams Augen wurden schmal. Seine Hand schloß sich noch fester um den Stachelstab. Er reckte sich wie ein Raubtier, das im Begriff ist, zum tödlichen Schlag auszuholen.

„Kommen Sie!“ befahl er. „Gehen wir zu Willa Ambrose. Ich möchte, daß sie sieht, wie ich mir den Burschen schnappe. Vielleicht begreift sie dann endlich, daß diese Kerle die Gesetze des Dschungels noch nicht überwunden haben. Manchmal muß man es eben auf die harte Tour durchziehen.“

„Ist sie irgendwo in der Nähe?“

„Nur ein paar Schritte von hier ... Sie hält sich wie gewöhnlich im Spielzimmer bei ihrer besten Freundin auf.“

Er führte Scully einen Gehweg entlang zu einem fensterlosen Betongebäude, auf dessen Tür in großen Buchstaben stand: *KRANKES TIER. KEIN ZUTRITT FÜR UNBEFUGTE.*

„Krankes Tier“, knurrte Meecham. „Wenn hier jemand krank ist, dann sie.“ Er öffnete die Tür, ohne anzuklopfen, und trat ein.

Das Innere des Gebäudes wurde nur durch eine einzelne Glühbirne schwach erhellt. Auf einer Seite befand sich ein Gitterkäfig mit geöffneter Tür, in seiner Nähe stand ein Feldbett. Willa saß neben einem großen Gorilla auf der Pritsche.

Sie und das Tier verständigten sich durch Zeichensprache – beide hörten abrupt auf, als sie Meecham und Scully bemerkten.

„Alles in Ordnung, Sophie“, beruhigte Willa das Tier und wandte sich dann den beiden Eindringlingen zu. „Meecham, ich habe Ihnen doch klargemacht, daß Sie nur im äußersten Notfall hier aufzukreuzen haben.“

„Ja“, gab der Mann mit triumphierender Stimme zurück. „Und das ist ein ...“

Weiter kam er nicht.

Das Brüllen des Tigers zerriß die Nacht. Sophie sprang auf und floh in ihren Käfig. Im selben Moment erwachte der gesamte Zoo.

Panther und Löwen fielen in das Gebrüll ein, Vögel kreischten, Affen zeterten, Wölfe heulten und Hyänen bellten ihr widerlich schrilles Lachen. Plötzlich klang der Zoo wie ein tierisches Irrenhaus.

„Wir müssen sofort nachsehen, was hier los ist!“ rief Willa. Sie eilte zur Tür. Scully trat zur Seite. Willa zeigte nicht die geringste Spur von Angst.

Meecham folgte ihr, den Stachelstab stoßbereit in der Hand, Scully im Schlepptau.

Scully hatte keine Ahnung, was sie entdecken würden, doch von zwei Dingen war sie überzeugt.

Es hatte irgend etwas mit Red zu tun.

Und es bedeutete garantiert nichts Gutes.

8

Red liebte Tiere, seit er sich erinnern konnte. Als Kind hatte er streunende Katzen und Hunde aufgenommen und Kämpfe mit seiner Mutter ausgefochten, um sie behalten zu dürfen. Er hatte verletzte Amseln gesund gepflegt und mit frohem Herzen zugesehen, wie sie wieder davongeflogen waren. Und ihm war speiübel geworden, als sein Vater ihn zum ersten und letzten Mal auf die Hirschjagd mitgenommen hatte.

Jeder, der einem Tier ein Leid zufügte, erregte seinen Zorn. Ein Tier in einen Käfig gesperrt zu sehen, bereitete ihm Qualen.

Er und die W.A.O. waren wie füreinander geschaffen. Vielleicht hatte er seine Mom nicht dazu bringen können, streunende Tiere aufzunehmen, vielleicht war es ihm nicht gelungen, seinen Vater davon abzuhalten, Hirsche abzuknallen, aber er würde seinen Teil dazu beitragen, der Welt zu zeigen, daß Tiere einen Anspruch darauf hatten, in Freiheit, Sicherheit und Würde zu leben.

Red freute sich auf seine nächtliche Aktion. Nachdem er die andere Seite der Felsmauer erreicht hatte, zog er die Nachtsichtvideokamera aus seinem Rucksack hervor. Es war ein wunderbarer Apparat, eigentlich viel zu teuer für die Möglichkeiten der W.A.O., aber Red war der geborene Langfinger. Nicht, daß es ihn mit Stolz erfüllte, ein Dieb zu sein, doch in seinen Augen rangierten die Rechte der Tiere bei weitem vor den Gesetzen der Menschen.

Er huschte schnell durch das Gehege zu dem Käfig auf der anderen Seite und spähte durch die Gitter. Die gelben Augen des bengalischen Tigers starrten unverwandt zurück. Das große Tier stand angespannt da und verfolgte jede Bewegung des Fremden.

„Hallo, mein Junge“, sagte Red leise. „Zeig mir ein schönes Zähnefletschen.“ Er brachte die Videokamera in Position und drückte auf den Auslöser. Seine Aufnahme würde den grausamen Anblick einer herrlichen Raubkatze in Gefangenschaft festhalten und die ganze Welt mit diesem furchtbaren Verbrechen konfrontieren.

Plötzlich begannen der Tiger und der Käfig vor seinen Augen zu verschwimmen. Hitzeschleier, wie sie von heißem Wüstensand aufsteigen, ließen seine Augen tränen . . . Der Tiger und der Käfig lösten sich in Nichts auf.

Red blinzelte, rieb sich die Augen – und wurde unvermittelt von einer Explosion weißen Lichts geblendet.

Nach einigen endlosen Sekunden verblaßte das Licht, sein Sehvermögen kehrte zurück. Und Reds Unterkiefer klappte runter.

Der Käfig war leer.

„Was, zum . . .?“ begann er.

Hinter ihm dröhnte ein ohrenbetäubendes Brüllen.

Das Brüllen eines Tigers.

Red wirbelte herum und sah – nichts.

Er ist irgendwie entkommen, dachte er. Er ist irgendwo dort in der Dunkelheit. Seine Gedanken überschlugen sich. Er wird . . . Er kann nicht wissen, daß ich ein Freund bin. Ich muß hier raus, bevor . . .

Ein heftiger Schlag riß ihn von den Beinen und löschte

seine Gedanken aus. Es war, als wäre er von einem Auto gerammt worden.

Aber noch immer konnte er nichts sehen, nichts außer dem roten Kontrollämpchen der Videokamera auf dem Boden. Sie war ihm aus den Händen gefallen, aber sie zeichnete weiter auf.

Wie betäubt setzte er sich mühsam auf. Schmerz versengte seine Brust. Er sah an sich herab. Sein Hemd war zerfetzt. Er schob eine Hand hinein und zog sie wieder hervor. Sie war blutverschmiert.

Dann zerriß das Brüllen erneut die dunkle Nacht, noch lauter als zuvor.

Red kämpfte sich mit zitternden Knien auf die Füße, machte ein paar taumelnde Schritte.

Wieder wurde er zu Boden geschleudert.

Diesmal gelang es ihm nicht, sich aus eigener Kraft aufzurichten. Er wurde wie eine schlaffe Stoffpuppe hochgerissen und durch die Luft gewirbelt. Sein Körper prallte hart auf den Boden, wurde erneut gepackt und wieder davongeschleudert.

Wieder und wieder.

Dann war das Spiel vorüber.

Red blieb reglos liegen.

So fanden ihn Willa, Meecham und Scully. Im Strahl von Meechams Taschenlampe glitzerte Blut auf seiner Brust und seinem Gesicht.

„Mein Gott“, flüsterte Willa. „Der arme Junge.“

„Ich schätze, er hat herausgefunden, daß ein Tiger kein Schmusekätzchen ist“, murmelte Meecham.

Scully schüttelte den Kopf. Sie hatte schon eine Menge

Leichen im Laufe ihrer Karriere gesehen. Und diese gehörte zu der schlimmeren Sorte.

„Was ist passiert?“ kam Mulders Stimme aus der Dunkelheit. Er erreichte die anderen und blickte auf Red hinab.

„Tut mir leid, daß ich zu spät bin“, sagte er zu Scully. „Ich bin so schnell gekommen, wie ich konnte.“

„Ich bezweifle, daß Sie irgend etwas hätten tun können“, erwiderte Scully gepreßt. „Es ging alles so schnell. Ich wollte die Leine locker lassen, damit er sich selbst darin verfangen konnte. Aber . . . so hatte ich mir das nicht vorgestellt.“

„Alles, was wir jetzt noch tun können, ist, die Polizei rufen“, stellte Willa fest. „Und versuchen, die Reporter fernzuhalten.“

„Und den geflohenen Tiger zur Strecke bringen“, fügte Meecham grimmig hinzu.

„Es gibt noch etwas zu tun“, sagte Scully und hob energisch den Kopf. „Und ich bin überzeugt, daß die Polizei mir zustimmen wird.“

„Was?“ wollte Mulder wissen.

„Mr. Lang einen Besuch abstatten.“

Scully hatte Kyle Lang von Anfang an nicht gemocht, und ihre Abneigung wurde noch größer, als sie ihn zum zweiten Mal aufsuchte.

Sie hatte Mulder versichert, daß es ihr ein persönliches Bedürfnis war, den Leiter der W.A.O. auf kleiner Flamme zu rösten. Mulder hatte ihr viel Spaß gewünscht und ihr gesagt, daß er anderen Spuren nachgehen würde.

Kyle behielt sein Pokergesicht bei, als Scully in Begleitung von zwei Hilfssheriffs in seinem Büro auftauchte. Er saß in seinen Stuhl zurückgelehnt hinter seinem Schreibtisch, während Scully ihn verhörte. Wenn ihm überhaupt etwas anzumerken war, dann war es blasierte Langeweile.

Scully fixierte ihr Gegenüber. „Warum war Red im Zoo?"

„Ich habe keine Ahnung, wovon Sie sprechen", behauptete Kyle.

„Sie haben keine Ahnung, was er vorhatte?"

„Nicht die geringste."

Scully zeigte ihm die Videokamera, die sie am Ort des Blutbads gefunden hatte. „Was, wenn ich Ihnen sage, daß ich diese Kamera gestern in einem Regal hier in Ihrem Büro gesehen habe?"

„Ich schätze, ich habe sie nie zuvor gesehen", entgegnete Kyle ungerührt.

Scully bemühte sich, ihre Stimme unter Kontrolle zu halten. „Im Zoo wird ein Tiger vermißt, und ein Mitglied ihrer Organisation ist tot. Für einen Mann, der vorgibt, so weichherzig zu sein, zeigen Sie einen erstaunlichen Mangel an Mitgefühl."

Kyle zuckte die Achseln und verschränkte die Hände hinterm Kopf. „Wenn der Tiger diesen Menschen getötet hat, dann war es ein Akt natürlichen Verhaltens."

Scully starrte ihn an. Wut zerrte an ihrer Stimme. „Sollte ich herausfinden, daß Red in Ihrem Auftrag Tiere befreit hat, werde ich dafür sorgen, daß Sie im Gefängnis landen und den Rest Ihres Lebens in einem Käfig verbringen."

Kyle erwiderte ihren Blick unbeeindruckt. Scully hatte

schon mit einer Menge Verdächtiger zu tun gehabt, die sich eisern beherrschen konnten – doch dieser Kerl hier war kalt wie ein Eisberg.

Sie mußte sich etwas einfallen lassen, um seinen Schutzpanzer zu durchbrechen. In diesem Moment betrat Mulder das Büro.

Er hielt einen Plastikbeutel zur Aufbewahrung von Beweismitteln in der Hand, tippte mit dem Finger dagegen und gab Scully ein Zeichen, ihm zu folgen.

„Okay, Sie sind dran", sagte sie zu den Polizisten. „Versuchen Sie, etwas aus ihm herauszuquetschen."

Einer der Polizisten nahm ihren Platz ein. Sie verließ das Büro zusammen mit Mulder.

„Dieser Kerl macht mich rasend", knirschte sie und ballte die Hände zu Fäusten.

Mulder musterte sie. „Alles in Ordnung mit Ihnen, Scully?"

Sie sog tief die Luft ein, atmete langsam wieder aus und öffnete die Fäuste. „Ja . . ."

„Haben Sie sich wieder beruhigt?" vergewisserte er sich.

„Ja, ja, ich habe schon verstanden", erwiderte sie ungeduldig. „Ich werde mich wie ein guter und besonnener Agent benehmen. Und jetzt lassen Sie schon hören. Hat man den Tiger gefunden?"

„Nein." Mulder schüttelte den Kopf. „Aber ich habe mir die Videokassette aus Reds Kamera angesehen. Sie ist gelaufen, während er getötet worden ist. Und sie zeigt, daß es kein Tiger war."

„*Was?*"

„Wenn es keine Trickaufnahme war, ist der Junge von

irgendeinem unsichtbaren Phantom umgebracht worden“, sagte Mulder ruhig.

„Aber Sie haben die Leiche doch selbst gesehen, Mulder!“ protestierte Scully. „Der Junge ist völlig zerfetzt worden. Er hatte tiefe Krallenspuren in der Brust und im Rücken. Es muß der Tiger gewesen sein!“

„Ich kann es nicht erklären“, gestand Mulder. „Aber ich glaube, ich kenne jemanden, der es kann.“

„Wen?“

„Können Sie das nicht erraten?“

„Nein . . .“ Scully fuhr sich entnervt durch die Haare. „Verraten Sie es mir.“

Mulder lächelte. „Ich möchte Ihnen nicht die Überraschung verderben.“

9

„Ich glaube, daß wir sie hier finden werden“, sagte Mulder.

Er stand mit Scully vor der Tür mit der Aufschrift: *KRANKES TIER. KEIN ZUTRITT FÜR UNBEFUGTE.*

„Sie glauben also, Willa Ambrose hätte Informationen zurückgehalten“, vermutete Scully.

Mulders Antwort bestand lediglich aus einem schiefen Lächeln. Er hob die Hand und wollte an die Tür klopfen.

„Macht es Ihnen etwas aus, mir Ihre Gründe zu erläutern, Mulder?“ Manchmal haßte sie Mulders Spielchen. „Nennen Sie mich ruhig unsicher, aber wenn ich mit einem Verdächtigen rede, möchte ich wissen, worum es geht.“

„Sie werden es schon noch früh genug herausfinden“, gab Mulder zurück und hob erneut die Hand.

Die Tür schwang auf, bevor er klopfen konnte. Willa Ambrose stand ihnen direkt gegenüber, sie hatte das Gebäude gerade verlassen wollen. Ihre Lippen wurden schmal, und ihr Körper versteifte sich, als sie die beiden FBI-Agenten sah.

„Ms. Ambrose, könnten wir uns mit Ihnen unterhalten?“ fragte Mulder sanft.

„Ich weiß nicht mehr, als ich der Polizei bereits gesagt habe.“ Willas Stimme war abweisend. „Ich habe dem nichts hinzuzufügen.“

„Soweit ich weiß, befindet sich hier Ihr Gorilla Sophie“, sagte Mulder.

„Sophie ist krank", entgegnete Willa kurz angebunden. Es war offensichtlich, daß sie das Gespräch so schnell wie möglich beenden wollte.

„Dürften wir sie sehen?" bat Mulder.

Willa antwortete nicht, aber ihr feindseliger Blick sprach Bände.

„Wir sind nicht gekommen, um sie Ihnen wegzunehmen . . ."

Willa sah ihn scharf an. Sie biß sich auf die Lippen und zögerte.

„In Ordnung, kommen Sie herein", gab sie schließlich nach und führte Mulder und Scully zum Käfig des Gorillas.

Sophie hockte am äußersten Ende des Käfigs und beäugte die Besucher mißtrauisch. Es war das erste Mal, daß Scully die Gelegenheit erhielt, das Tier genauer zu betrachten. Sie fragte sich, warum ein derart großes und kräftiges Geschöpf so furchtsam war, besonders da Sophie mittlerweile an Menschen gewöhnt sein mußte.

„Vor sechs Wochen mußte ich sie aus dem öffentlichen Gehege nehmen", erklärte Willa, als hätte sie Scullys Gedanken gelesen. „Sophie hatte sich zurückgezogen und war depressiv geworden. Sie hat sich im hintersten Winkel ihres Käfigs zusammengerollt und nur noch gezittert."

„Haben Sie sie gefragt, warum?" wollte Mulder wissen.

Scully warf ihm einen kurzen Blick zu. Mulders stellte ja häufig bizarre Fragen, aber diese war wirklich vollkommen abwegig.

Willa dagegen schien daran nichts Ungewöhnliches zu finden. „Das frage ich sie die ganze Zeit", erwiderte sie, als sei es das Selbstverständlichste auf der Welt.

„Und was antwortet sie Ihnen?“

Willa machte ein paar schnelle Gesten mit der Hand und übersetzte: „Licht Angst. Was bedeutet, daß sie sich vor dem Licht fürchtet.“

„Sie *spricht* mit Ihnen?“ Scully riß die Augen auf.

Willa nickte. „Sie beherrscht über 600 Wörter der amerikanischen Zeichensprache, und sie versteht mehr als 1000.“

Als sie Scullys zweifelnden Blick bemerkte, ging sie zu ihrem Schreibtisch und reichte ihr ein Blatt Papier. „Das dürfte Sie interessieren. Es ist die Kopie eines erst kürzlich veröffentlichten wissenschaftlichen Artikels.“

Scully überflog das Blatt und schluckte. Weltweite Untersuchungen bestätigten, daß Gorillas tatsächlich die Zeichensprache erlernen konnten.

Sie hob den Blick und sah Mulder wieder lächeln. Langsam dämmerte es ihr.

„Ist es Sophie, mit der Sie sprechen wollen?“ fragte sie gottergeben. „Mit einem Gorilla?“

„Ich würde Ihnen vorschlagen, noch einmal Ihr FBI-Ausbildungshandbuch zu lesen, Scully.“ Mulder grinste jetzt über das ganze Gesicht. „Dort werden Sie eine der wichtigsten Grundregeln entdecken: 'Befragen Sie alle in Betracht kommenden Zeugen.'“

„Aber einen Gorilla!“ rief Scully aus und ließ im Inneren eine Schimpfkanonade auf Mulder los. „Was kann denn ein Gorilla wissen?“

„Vielleicht könnte Ms. Ambrose diese Frage beantworten“, meinte Mulder.

„Gorillas sind äußerst sensible Geschöpfe“, erklärte

Willa. „Sophies Sprachvermögen verstärkt diesen Charakterzug noch."

„Aber warum sollte sie sich vor dem Licht fürchten?" Scully war immer noch skeptisch.

Willa musterte sie eindringlich. „Haben Sie mit Kyle Lang gesprochen?"

„Ja, mehrmals."

„Dann hat es keinen Sinn, um die Sache herumzureden", seufzte Willa. „Ich bin sicher, er hat Ihnen von meinen Schwierigkeiten mit der Regierung von Malawi erzählt. Es könnte passieren, daß man mir Sophie wegnimmt. Ich glaube, sie weiß es auch, und sie fürchtet sich. In ihrer Gedankenwelt könnte Afrika die Vorstellung von Licht heraufbeschwören. Es erstaunt mich immer wieder, wie Sophie Schlußfolgerungen ziehen kann."

Scully betrachtete erneut den Gorilla. Sophie kauerte noch immer im hinteren Teil des Käfigs. Zum ersten Mal bemerkte Scully, wie aufmerksam die Augen des Tieres waren, wie sehr sie alles in sich aufzunehmen schienen. Trotzdem konnte sie immer noch nicht glauben, daß Tiere denken können sollten. Andererseits . . . war sie auch nicht mehr völlig vom Gegenteil überzeugt.

„Das wäre eine Möglichkeit", räumte sie widerwillig ein.

Sie drehte sich zu Mulder um und wollte ihn fragen, ob er dieser Theorie zustimme, aber seine Aufmerksamkeit hatte sich in der Zwischenzeit auf eine Reihe von Buntstiftzeichnungen gerichtet, die an einer der Wände klebten. Sie sahen aus, als wären sie von einem Kind im Vorschulalter gemalt worden.

„Stammen diese Zeichnungen von Sophie?" erkundigte er sich.

„Ja." Willa lächelte stolz. „Sie hat schon immer gerne gemalt ... Allerdings hat sie in letzter Zeit keine neuen Bilder mehr gezeichnet, nicht mehr, seit sie krank geworden ist."

„Interessante Bilder", stellte Mulder fest. „In allen scheint sich ständig das gleiche Muster zu wiederholen. Ein kleiner brauner Fleck in einem Kreis. Haben Sie irgendeine Idee, was das bedeuten könnte?"

„Ich kann mir natürlich nicht ganz sicher sein, aber ich habe eine bestimmte Vermutung", erwiderte Willa. „Bis vor kurzem hat sich Sophie verzweifelt ein Baby gewünscht. Der braune Fleck im Kreis könnte ihre Art sein, dieses Bedürfnis auszudrücken."

„Haben Sie jemals versucht, sie begatten zu lassen?" fragte Mulder.

„Ich habe nach einem geeigneten Partner für sie Ausschau gehalten, aber dann ist die malawische Regierung auf den Plan getreten. Nach all dem Streß, dem Sophie ausgesetzt war, habe ich es nicht für klug gehalten, die Sache weiter voranzutreiben. Ich habe beschlossen, daß Projekt aufzuschieben, bis die Geschichte geklärt ist."

Mulder nickte. Er blickte sie intensiv an und hörte genau zu.

„Nur um ganz sicherzugehen, daß ich Sie richtig verstanden habe", faßte er zusammen, „Sophie hat deutliche Anzeichen für den Wunsch nach einem Baby gezeigt. Dann schien sie plötzlich keins mehr zu wollen. Und zur gleichen Zeit hat sie angefangen, sich vor irgendeinem Licht zu fürchten."

„Richtig", bestätigte Willa. „Ihr Wunsch nach Schwangerschaft ist zweifellos durch eine Art Streßzustand verringert worden."

„Hm-hm." Mulder zupfte an seiner Nasenspitze. „Das ist zumindest eine Erklärung. Eine von vielen." Er dachte eine Weile nach und fuhr dann fort: „Wie ich gehört habe, hat es noch nie eine erfolgreiche Schwangerschaft im Fairfield Zoo gegeben."

Willa schnitt eine Grimasse. „Ich wußte, daß ich mich darauf verlassen konnte, daß Kyle Lang Sie vollständig informieren würde."

„Also stimmt es?"

„Ja", gestand Willa. „Aber ich glaube nicht, daß es an den Gründen liegt, die Kyle dafür nennt. Nicht aufgrund der Art, wie Ed Meecham diese Tiere behandelt hat."

Mulder hob die Schultern. „Warum dann?"

„Bei Tieren, die in Gefangenschaft leben, ist die Fortpflanzung immer ein Problem." Willa schien selbst nicht überzeugt.

„Aber ein hundertprozentiger Mißerfolg?" ließ Mulder nicht locker.

„Ich weiß", seufzte Willa. „Es sieht schlecht aus. Das war eins der Probleme, die ich unbedingt lösen wollte, als ich hier angefangen habe."

Mulder nickte, und Scully entdeckte ein vertrautes Leuchten in seinen Augen. Sie verfolgte die Unterhaltung noch aufmerksamer.

„Ist jemals der Versuch unternommen worden, Ganesha mit einem Elefantenbullen zu paaren?"

„Nein", antwortete Willa. „Außerhalb der freien Wildbahn ist die Paarung von Elefanten nur selten erfolgreich. In den letzten zehn Jahren sind nur sechs Elefanten in Gefangenschaft geboren worden."

Scully sah, wie sich Mulders Miene aufhellte. Sie wappnete sich innerlich, obwohl sie nicht die geringste Ahnung hatte, zu welchem Ergebnis seine Überlegungen führen würden. Aber aus Erfahrung wußte sie, daß es ratsam war, auf alles vorbereitet zu sein.

„Haben Sie hier eine veterinärmedizinische Einrichtung?" Auf einmal schien Mulder nicht mehr still stehen zu können.

„Ja, wir verfügen über eine hervorragende Tierklinik", versicherte Willa. „Eine meiner ersten Maßnahmen war es, sie auf den neusten Stand zu bringen."

„Ms. Ambrose, ich habe eine ziemlich ungewöhnliche Bitte an Sie", sagte Mulder lebhaft. „Aber es könnte uns helfen, eine Erklärung für die Vorfälle hier im Zoo zu finden. Und ich werde auch Ihre Hilfe benötigen", fuhr er an Scully gewandt fort. „Ich kann Ihnen versprechen, daß es eine äußerst interessante Herausforderung an Ihre Fähigkeiten sein wird."

Scully hatte den Eindruck, Mulder noch nie so aufgeregt gesehen zu haben. Sie grinste säuerlich.

„Darauf würde ich wetten."

10

„Mulder, das steht nicht gerade in meiner Stellenbeschreibung“, protestierte Scully lahm.

Sie trug einen Schutzanzug und eine Kapuze aus Kunststoff. Von ihrem Hals baumelte ein Chirurgenmundschutz herab. In der Hand hielt sie ein Skalpell, das im grellen Licht des Operationssaals hell schimmerte.

„Eine Nachlässigkeit der Verfasser“, behauptete Mulder. „Sie haben alles, was Sie für diese Aufgabe brauchen. Einen akademischen Grad in Medizin und Naturwissenschaften. Was verlangen Sie mehr?“

„Einen gewissen Grad an geistiger Gesundheit“, erwiderte Scully.

Mulder hatte ihr bereits unter vier Augen erklärt, was sie tun sollte, aber sie konnte es immer noch nicht fassen. „Das ist das Verrückteste, was Sie jemals von mir verlangt haben.“

Ihr Partner setzte zu einer Antwort an, aber seine Stimme ging im ohrenbetäubenden Kreischen einer elektrischen Säge unter.

Sie blickten von dem Gerüst, auf dem sie standen, in ein Loch, das unter ihnen gähnte.

Es führte in den riesigen Leib eines Elefanten.

Eines toten Elefanten.

In Ganeshas Kadaver.

Das kreischende Geräusch klang aus dem Loch auf. Nach einer Minute verstummte es. Eine Gestalt in Schutzkleidung und Atemmaske, die einen Grubenhelm auf dem Kopf trug, schob sich ins Freie.

„Wie ist es gelaufen?“ erkundigte sich Mulder.

„Ich habe die Rippen durchtrennt“, antwortete Willa und legte die Säge zur Seite. „Es gibt jetzt Platz genug für uns beide, Agent Scully.“

Scully wandte sich Mulder zu. „Ich hoffe, Sie wissen, was Sie tun. Vielleicht sollte ich eher sagen, was *ich* tue.“

„Ich bin mir ziemlich sicher, was wir finden werden“, versicherte Mulder.

„Ziemlich sicher ist nicht genug für diesen Job“, murmelte Scully. Dann seufzte sie. „Aber ich schätze, das muß wohl genügen.“

Sie kletterte hinunter zu Willa.

Schulter an Schulter arbeiteten sie sich im Inneren des Elefanten mit Skalpellen zum Unterleib vor.

„Ich bin froh, daß Sie sich mit Tieren so gut auskennen“, knurrte Scully. „Ich fände es furchtbar, mich hier drinnen zu verirren.“

„Also, in gewisser Weise komme ich mir selbst verirrt vor.“ Willas Stimme klang gedämpft. „Ich meine, Sie haben mir zwar gesagt, wonach Sie suchen, aber ich habe nicht die geringste Ahnung, was Sie dort zu finden glauben.“

„Sprechen Sie mit Mulder.“ Scully schnaufte. „Er ist der Chef der Abteilung für Überraschungen.“

„Schön, ich habe meine Aufgabe erledigt“, verkündete Willa. „Das hier ist es, was ich finden sollte.“ Sie griff in die Öffnung, die sie in das Fleisch des Elefanten geschnitten hatten, zog ein bluttriefendes Organ hervor und hielt es Scully entgegen.

„Vielleicht weihen Sie mich jetzt endlich in ihr Geheimnis ein", sagte sie. „Was genau wollen Sie durch Ganeshas Uterus erfahren?"

„Können Sie sich das nicht vorstellen?"

„Angesichts der Funktion einer Gebärmutter fällt mir nur eine Möglichkeit ein, aber ich würde nicht einmal im Traum daran denken. Es ist zu verrückt, um ernsthaft in Erwägung gezogen zu werden."

Scully zuckte mit den Schultern. „Sie hatten gerade Ihre erste Begegnung mit Mulders Verrücktheit", lächelte sie. „Willkommen im Club. Aber machen Sie sich keine Sorgen, Sie werden sich schon noch daran gewöhnen. Ich jedenfalls habe es getan. Aber wissen Sie, was an Mulders Ahnungen wirklich unheimlich ist?"

„Nein, was?" Aus Willas Stimme klang aufrichtige Neugier.

„Wie oft sie sich als richtig erweisen."

Eine Stunde später blickte Scully im Labor von einem hochauflösenden medizinischen Mikroskop auf.

„Sie hatten recht, Mulder", sagte sie langsam.

Willa hatte ihr bei der Arbeit zugesehen. „Was haben Sie entdeckt?"

„Möchten Sie es ihr sagen, Mulder?" fragte Scully. „Oder soll ich es tun?"

„Sie sind die Medizinerin", gab Mulder zurück.

„Ganesha ist trächtig gewesen", verkündete Scully.

„Trächtig?" wiederholte Willa fassungslos.

„Aber sie war es nicht mehr, als sie gestorben ist", fuhr Scully ungerührt fort.

„Was wollen Sie damit sagen, daß sie trächtig gewesen war?“ Willa starrte die beiden Agenten an.

„Zum Zeitpunkt ihres Todes war sie nicht mehr trächtig“, antwortete Scully.

„Sie behaupten also, daß sie nicht nur trächtig war, sondern auch ein Junges bekommen hat?“ Willa bemühte sich redlich, das Gehörte zu verarbeiten.

„Genau“, bestätigte Scully.

„Das glaube ich Ihnen nicht . . .“

„Sehen Sie selbst“, forderte Scully die Zooleiterin auf und trat einen Schritt vom Mikroskop zurück. „Erkennen Sie die Spuren des Fötus an der Gebärmutterwand? Und die Stelle, wo er sich gelöst hat?“

Willa starrte in das Mikroskop. „Es ist mir egal, wie es aussieht. Das ist einfach unmöglich.“

„Natürlich ist es das“, stimmte ihr Mulder zu. „Genauso unmöglich wie ein unsichtbarer Elefant. Es sei denn, Sie sind darauf vorbereitet, die Dinge aus einem anderen Blickwinkel zu sehen.“

Willa schüttelte ungläubig den Kopf. „Was geht hier vor sich?“

„Was auch immer es ist, es geschieht schon seit einiger Zeit“, erwiderte Mulder nachdenklich. „Und ich nehme an, Sie werden ganz ähnliche Spuren entdecken, wenn wir den entlaufenen Tiger gefunden haben.“

Scully verschränkte die Arme vor der Brust. „Sie haben sich also bereits eine Theorie zu diesem Fall zurechtgelegt.“

„Ich möchte noch weitere Beweise, bevor ich mich offiziell dazu äußere“, wehrte Mulder ab. „Sie kennen unsere

Vorgesetzten. Es fällt ihnen immer noch schwer, Fälle wie diesen zu schlucken."

„Ich muß gestehen, daß auch ich mich hin und wieder daran verschlucke . . ."

Willa kam nicht mehr mit. Sie hob die Stimme. „Soll das so eine Art Witz sein?"

„Ich fürchte, dieser Fall ist überhaupt nicht komisch." Mulder schüttelte langsam den Kopf. „Jedenfalls nicht in dem Sinn, daß man darüber lachen könnte."

Wie um seine Worte zu unterstreichen, erklangen in der Ferne Sirenen.

„Irgendwo muß ein Feuer ausgebrochen sein." Willa sah zum Fenster hinüber.

„Das sind Polizeisirenen", widersprach Scully.

„Ich bin überzeugt, daß Sie das besser als ich beurteilen können." Willa hob resignierend die Hände. „Es ist ziemlich ungewöhnlich, sie hier in der Gegend zu hören. Abgesehen davon, daß in letzter Zeit hier eigentlich alles ziemlich ungewöhnlich geworden ist."

„Und deshalb sollten wir auch lieber nachsehen, wohin sie fahren", sagte Mulder knapp und ging zur Tür.

Willa und Scully mußten beinahe rennen, um mit seinen ausgreifenden Schritten mithalten zu können, als er zu ihrem Mietwagen eilte.

„Ich fahre", sagte er zu Scully.

„Legen Sie lieber Ihren Sicherheitsgurt an, auch wenn Sie hinten sitzen", riet Scully Willa, während sie sich auf den Beifahrersitz schob. „Auch wenn es seine Aufgabe ist, für die Einhaltung der Gesetze zu sorgen - mein Partner hält sich selbst nicht unbedingt an die Geschwindigkeitsbeschränkungen."

Die Verschlüsse der Sicherheitsgurte waren kaum eingerastet, als Mulder mit quietschenden Reifen anfuhr. Der Wagen schoß vom Parkplatz und raste in Richtung der Sirenen.

„Haben Sie irgendeine Ahnung, was in dieser Richtung liegt?“ Mulder wandte den Kopf zu Willa. „Woher der Lärm kommen könnte?“

„Das einzige, was mir einfällt, ist das neue Einkaufszentrum.“

Das Jaulen der Sirenen klang schon näher, viel näher.

Sie bogen um eine Straßenecke.

„Vorsicht!“ schrie Scully.

Mulder trat blitzschnell auf die Bremse und brachte den Wagen zum Stehen.

Eine Menschenmenge rannte die Straße entlang auf sie zu, Frauen, Männer und Kinder, denen das Entsetzen ins Gesicht geschrieben stand.

„Lassen Sie uns nachsehen, was da los ist!“ Mulders Stimme übertönte die hysterischen Schreie.

Er sprang aus dem Wagen, dicht gefolgt von Scully und Willa.

Der größere Teil der Menschenmenge war bereits an ihnen vorbeigerannt. Eine Frau, die ein kleines Kind in den Armen trug, verlangsamte nur kurz ihre Schritte und rief ihnen zu: „Nicht da entlang! In die andere Richtung, schnell!“

Bevor sie ihr eine Frage stellen konnten, war sie auch schon weitergehastet.

Am anderen Ende der Straße standen zwei Streifenwagen mit jaulenden Sirenen und blinkenden Warnlichtern.

„Es ist das Einkaufszentrum“, keuchte Willa, „direkt hinter den Polizeiautos.“

Sie rannten los und entdeckten sechs Polizisten, die mit gezogenen Waffen hinter ihren Wagen kauerten.

Scully spähte an ihnen vorbei und betrachtete das Einkaufszentrum. Sie spürte, wie ihr eine Gänsehaut über den Rücken lief.

Das Zentrum war brandneu. Es beherbergte unter anderem einen Filmpalast mit sechs Kinos, teure Geschäfte, deren Schaufenster voller Waren standen, gute Restaurants und Imbißstände, an denen alles von texanisch-mexikanischen bis hin zu chinesischen Spezialitäten angeboten wurde. Jetzt aber war es vollkommen verwaist. Nur ein paar weggeworfene Papierteller und ein paar andere Abfälle auf dem rostfarben gepflasterten Gehweg deuteten auf den Betrieb hin, der hier sonst herrschte. Bis auf die Bilder, die über eine Reihe von stummen Fernsehgeräten in einem der Schaufenster tanzten, lag der Komplex reglos da. Es war eine unheimliche Szenerie, still wie ein Friedhof.

„Verschwinden Sie, Mister“, befahl einer der Cops. „Diese Gegend ist gesperrt.“

„FBI“, sagte Mulder. Er und Scully zeigten ihre Dienstausweise.

„Was gibt’s für ein Problem, Officer?“ fragte Scully.

„Nichts, worüber sich das FBI den Kopf zerbrechen müßte“, raunzte der Cop. Er schob sich seine Mütze in den Nacken und fügte hinzu: „Es sei denn, es hat Spezialisten für die Tigerjagd.“

11

„Ist der Tiger gesichtet worden?“ rief Willa.

„Sie wissen darüber Bescheid?“ fragte der Polizist überrascht. „Das muß man euch lassen, ihr Leute vom FBI seid wirklich auf Zack.“

„Ich gehöre nicht zu ihnen“, sagte Willa und deutete auf Mulder und Scully. „Ich bin Willa Ambrose, die Direktorin des Zoos. Ich habe die Polizei angerufen und gemeldet, daß ein Tiger entlaufen ist.“

„Sie sind das.“ Der Cop beäugte Willa. „Wir haben nach Ihnen gesucht, um weitere Auskünfte einzuholen, aber wir konnten Sie nicht finden. Wo haben Sie gesteckt?“

„Ich habe mich um ein Tier in unserer Klinik gekümmert, um einen Notfall“, erklärte Willa und wechselte schnell das Thema. „Wer hat den Tiger entdeckt?“

„Irgendein Typ, der sich im Einkaufszentrum einen Big Mac reingezogen hat“, berichtete der Cop. „Er hat behauptet, der Tiger wäre aus dem Nichts aufgetaucht und einfach zwischen den Leuten herumstolziert. Er hat sofort unsere Notfallnummer angerufen. Wir waren bereits ein paar Minuten später hier, aber da war die Panik schon ausgebrochen.“

„Ich weiß“, sagte Scully. „Wir sind von der Meute fast über den Haufen gerannt worden.“

„Das muß die letzte Welle der Leute gewesen sein, die um ihr Leben gelaufen sind“, vermutete der Cop. „Es hat ein paar Minuten gedauert, bis sich die Nachricht überall herumgesprochen hatte und . . ."

„Und der Tiger, wo ist er jetzt?" unterbrach ihn Mulder.

„Das wüßte ich selbst gern", entgegnete der Polizist. „Wir haben alle Straßen abgesperrt, die vom Einkaufszentrum wegführen, aber er könnte bereits entkommen sein. Soweit ich weiß, sind diese Viecher verdammt schnell."

„Wenn sie es sein müssen." Willa nickte energisch. „Wenn sie jagen – oder fliehen."

„Wir werden ihn erwischen", versprach der Partner des Cops. „Und wenn wir ihn sehen, werden wir es ihm besorgen." Er tätschelte sein Gewehr.

„Das wird nicht nötig sein", sagte Willa ruhig und öffnete ihre Handtasche. Scully hatte sich schon gefragt, warum Willa sie mitgenommen hatte. Jetzt kannte sie die Antwort: Die Zoologin zog eine beeindruckend aussehende Pistole hervor.

Der erste Cop lächelte. „Danke für das Angebot, Ms. Ambrose, aber wir haben bereits die Feuerkraft, die wir brauchen."

„Sie verstehen das falsch", gab Willa zurück. „Wir dürfen kein Tier töten, nur weil es seinen Instinkten folgt. Es ist nicht sein Fehler, daß es aus seiner natürlichen Umgebung herausgerissen worden ist. Wir haben den Fehler begangen. Es gibt keinen Grund, den Tiger zu erschießen. Diese Pistole hier ist mit Betäubungsmittel-Pfeilen geladen. Damit kann man ihn außer Gefecht setzen, ohne ihn ernsthaft zu verletzen."

Der Cop sah sie zweifelnd an. „Glauben Sie wirklich, ihn damit aufhalten zu können?" Er kratzte sich hinterm Ohr.

„Ich habe das Biest gesehen, als ich mit meinen Kindern in den Zoo gegangen bin. Es ist ein Monstrum."

„Ich weiß, daß es funktionieren wird, Officer", sagte Willa mit Nachdruck. „Ich habe die Pistole früher schon benutzt."

„Tja, wenn Sie es sagen, Ma'am", erwiderte der Cop, aber er klang immer noch skeptisch.

„Das ist schon komisch", warf sein Partner ein. „Dieser Typ aus dem Zoo hat nichts von Pistolen mit Lähmpfeilen erwähnt. Im Gegenteil, er hat sogar gefragt, ob er sich mit seinem Gewehr an der Jagd beteiligen könne. Mal überlegen, wie hieß er doch gleich . . .?"

„Meecham, Ed Meecham", fiel ihm Willa grimmig ins Wort. „Er arbeitet im Zoo. Aber ich bin seine Vorgesetzte. Ich trage dort die Verantwortung."

„Ja, Ma'am." Der erste Cop tippte an seine Mütze.

„Aber wir werden unser Waffen trotzdem weiterhin schußbereit halten", fügte sein Partner hinzu. „Nur für alle Fälle."

Willa wollte gerade widersprechen, als das Funkgerät im Streifenwagen zu plärren begann.

„Achtung, an alle Wagen! An alle Wagen!" quäkte eine Frauenstimme laut und deutlich durch den Äther. „Tiger wurde an der Kreuzung Dumont und Spencer gesichtet! Tiger wurde an der Kreuzung Dumont und Spencer gesichtet! Fahren Sie sofort dorthin! Fahren Sie sofort dorthin!"

„Los, komm!" Der erste Cop schlug seinem Partner auf die Schulter.

„Das ist zwanzig Straßenblocks stadteinwärts", stellte der andere fest. „Dieser Tiger ist schnell wie der Wind."

Die beiden Cops sprangen in ihren Wagen.

„Haben Sie was dagegen, wenn wir mitkommen?“ rief Mulder.

„Nur zu, wir haben Platz genug“, erwiderte der erste Cop.

Mulder, Scully und Willa quetschten sich auf die Rücksitzbank. Willa legte die Pistole in ihren Schoß.

Mit jaulenden Sirenen jagten sie und ein paar andere Streifenwagen durch die Stadt.

„Da sind wir“, verkündete der Fahrer. „Dumont und Spencer.“

Ein Blick auf die Straßenschilder erübrigte sich. Mindestens ein halbes Dutzend Polizeiwagen mit rotierendem Blaulicht blockierte die Kreuzung.

„Das ist keine gute Idee“, sagte Willa, während sie aus dem Wagen stieg. „Das Tier muß Todesangst haben. Um so schwieriger wird es werden, sich ihm zu nähern.“

„Es gibt noch eine andere Möglichkeit“, gab Scully zu bedenken. „Ich glaube nicht, daß sich Tiger anders als Menschen verhalten, wenn sie sich bedroht fühlen. Entweder sie fliehen, oder sie greifen an. Man kann nie wissen, wofür sie sich entscheiden.“

„Eins ist jedenfalls sicher“, stellte Mulder fest, nachdem er sich umgesehen hatte. „Das Tier hat hier ein ideales Gelände, um sich zu verstecken – oder auf die Jagd zu gehen.“

An der Straßenkreuzung befand sich ein Hochhaus im Rohbau. Ein Teil der Baustelle bestand aus einem gewaltigen Loch in der Erde. Daneben ragte ein Gewirr von Stahlträgern in den Himmel, zwischen denen sich hier und da provisorische Decken und Böden erstreckten. Bauarbeiter mit Schutzhelmen liefen ziellos hin und her. Die Behörden von Fairfield, dachte Scully, sind offensichtlich nicht auf Ausnahmesituationen eingerichtet.

„Richtig." Scully nickte zustimmend. „Das ist der perfekte Jagdgrund für einen Tiger. Ein Dschungel von Menschenhand."

Willa schwieg. Sie hielt ihre Pistole in der Hand, während sie den Blick über die Baustelle wandern ließ.

Plötzlich verhärtete sich ihr Gesicht, als sie eine Gruppe von Hilfssheriffs entdeckte. Jeder von ihnen trug ein Gewehr. Bei ihnen stand Ed Meecham, ebenfalls mit einer Büchse in der Hand.

Willa marschierte auf ihn zu und baute sich vor ihm auf. „Legen Sie das Gewehr weg, Ed", verlangte sie. „Und sagen Sie diesen Wyatt-Earp-Kopien, daß sie das gleiche tun sollen."

Meecham umklammerte seine Waffe mit festem Griff und schob den Unterkiefer vor. „Wollen Sie für einen weiteren Todesfall verantwortlich sein, Ms. Ambrose?"

„Wir können diesen Tiger einfangen, ohne daß irgend jemand dabei zu Schaden kommt." Willas Stimme war schneidend.

„Das ist nicht der geeignete Zeitpunkt für Wunschdenken", schnappte Meecham.

„Als Ihre Vorgesetzte befehle ich es Ihnen!" sagte Willa in einem eisigen Tonfall, der keinen Widerspruch duldete.

Meecham versteifte sich und zuckte dann die Achseln. „Jawohl, Ma'am", näselte er abfällig. „Sie sind der Boß. Was immer Sie sagen."

Willa bedachte ihn mit einem letzten feindseligen Blick und setzte sich in Richtung der labyrinthartigen Baustelle in Bewegung.

Einer der Cops versuchte, sie aufzuhalten. „Das Biest könnte überall sein, Ma'am", warnte er.

„Keine Angst. Ich hab die richtige Ausrüstung dabei."

Der Polizist wollte ihr folgen, aber Mulder hielt ihn zurück. Er zeigte ihm seinen Dienstausweis. „Schon gut, Officer. Agent Scully und ich werden ihr Rückendeckung geben."

Er und Scully zogen ihre Pistolen und eilten hinter Willa her.

„Wie viele Pfeile faßt Ihre Pistole?" erkundigte sich Scully, als sie Willa eingeholt hatten.

„Einen."

Scully hob die Augenbrauen. „Wird das reichen?"

„Ja." Willa war zu allem entschlossen. „Es muß reichen."

Scully ließ sich ein Stückchen zurückfallen. „Ich bin wirklich dafür, das Tier zu retten, Mulder", flüsterte sie. „Aber nur ein Pfeil? Sie wissen, was ich meine?"

Mulder nickte. Ohne ein weiteres Wort entsicherten beide ihre Waffen.

Plötzlich stürmte ein stämmiger Bauarbeiter aus dem Rohbau hervor. „Er ist da! Er ist da drinnen!" keuchte er mit bleichem Gesicht.

Willa spähte in das Gebäude und hob ihre Betäubungspistole. „Ich sehe seinen Schwanz!" rief sie, rannte unvermittelt los und tauchte hinter einem riesigen Stahlträger weg.

Mulder und Scully wurden völlig überrascht. Bevor sie ihr folgen konnten, war sie bereits aus ihrem Blickfeld verschwunden.

„Hier drüben!“ hörten sie kurz darauf ihre Stimme.

Sie eilten durch das Gewirr der Stahlträger, konnten Willa aber immer noch nicht entdecken.

Dann hörten sie ihre Stimme wieder. Und diesmal war es ein Kreischen. Das schrille Kreischen der Todesangst.

Sie rannten in die Richtung, aus der der Schrei gekommen war, als ein lauter Knall ertönte.

Das Peitschen eines Schusses.

Hinter dem nächsten Pfeiler fanden sie Willa.

Die Frau lehnte sich mit kalkweißem Gesicht dagegen, die Pistole kraftlos in der Hand. Meecham stand neben ihr. Aus dem Lauf seines Gewehrs kräuselte Rauch empor.

Keine zwei Meter entfernt lag der Tiger auf dem Boden, Blut sickerte aus einem Einschußloch zwischen seinen Augen.

„Er hatte sich dort oben versteckt“, stammelte Willa und deutete auf eine halbfertige Decke. „Er hat mich von hinten angesprungen. Wäre Ed nicht da gewesen, hätte mich der Tiger . . .“

Sie zitterte so heftig, daß sie nicht weitersprechen konnte.

„Ich dachte mir, ich sollte Sie lieber im Auge behalten“, sagte Meecham ohne Triumph. „Ich weiß einige Dinge über Tiere, von denen Sie keine Ahnung haben.“ Er schüttelte den Kopf. „Nicht alle Tiere reden und malen Bilder.“

12

BIS AUF WEITERES BLEIBT DER ZOO FÜR DIE ÖFFENTLICHKEIT GESCHLOSSEN.

Mulder bedachte das Schild mit einem schiefen Grinsen, als er daran vorbeiging. Ed Meecham hatte Willa Ambrose das Leben gerettet, aber er hatte nicht ihren Job retten können. Ebensowenig seinen eigenen.

Mulder schlenderte auf der Suche nach Willa durch den Zoo. Er wollte ihr mitteilen, was Scully bei der Obduktion des Tigers entdeckt hatte. Seine Partnerin hatte ihn gebeten, Willa zu informieren. Sie verspürte vorläufig nicht mehr das Bedürfnis nach einem Zoobesuch und wollte ihre Arbeit in der Tierklinik abschließen, bevor sie sich ein bißchen Schlaf gönnte. Scully hoffte nur, daß der Tiger sie nicht auch noch in ihren Träumen heimsuchen würde. Ein so schönes Tier und so tot.

Schließlich fand Mulder Willa im Gespräch mit einigen gutgekleideten Männern und Frauen in der Nähe eines Walbassins, in dem zwei Orkas unermüdlich hin- und herschwammen. Von Zeit zu Zeit öffneten sie die Mäuler und entblößten Reihen tückisch aussehender Zähne.

Die Leute in Willas Begleitung wirkten nicht viel freundlicher. Ihre Augen blickten kalt drein, als sie ihr zum Abschied die Hand schüttelten und verschwanden.

Es dauerte eine Weile, bevor Willa Mulder bemerkte.

„Tja, das war's dann", sagte sie. „Die Geschichte mit dem

Tiger war der Tropfen, der das Faß zum Überlaufen gebracht hat. Die Sponsoren haben alle Zuschüsse für den Zoo gestrichen und Vorkehrungen getroffen, die Tiere in andere Zoos zu verfrachten. Meine letzte Aufgabe hier wird darin bestehen, sie in geeigneten Transportkäfigen unterzubringen."

„Es tut mir leid." Mulders Anteilnahme war aufrichtig.

„Nicht so sehr wie mir. Der Zeitpunkt könnte nicht ungünstiger sein."

Mulder sah den Schmerz in ihren Augen. „Sie meinen, wegen Sophie", vermutete er.

Willa nickte. „Was bisher für mich gesprochen hat, war mein Job hier im Zoo. Ich konnte ihr ein gutes Zuhause garantieren."

In ihrem Gesicht begann es zu zucken. Sie hatte Mühe, sich zusammenzureißen. „Aber das ist nicht Ihr Problem", fuhr sie tapfer fort. „Sie haben Ihre eigenen Probleme. Sagen Sie, hat die Obduktion des Tigers schon irgendwelche Ergebnisse gebracht?"

„Scully sagt, er wäre eindeutig trächtig gewesen."

Willa schüttelte mit Nachdruck den Kopf. „Unmöglich", behauptete sie. „Keins der Tiere kann irgendwie trächtig geworden sein. Völlig unmöglich."

„Was, wenn sie mit Hilfe einer Injektion befruchtet worden wären?" schlug Mulder eine Erklärung vor.

„Das ist eine sehr komplizierte Prozedur", entgegnete Willa. „Ich hätte zwangsläufig davon erfahren."

„Es sei denn, die Sache hätte woanders stattgefunden . . ."

Willa starrte ihn verständnislos an.

„Was wissen Sie über Entführungen durch Außerirdische?" wollte Mulder wissen.

Willas Augen wurden groß. „Sie machen sich über mich lustig, nicht wahr?“

Mulder verzichtete auf eine Antwort.

„Glauben Sie wirklich ernsthaft, diese Tiere wären an Bord eines Raumschiffs gebracht worden?“ Ihr Gesichtsausdruck verriet, daß sie ihn für verrückt hielt.

Doch Mulder ließ sich nicht davon irritieren – der Fall hatte einen Punkt erreicht, an dem er die Fakten so darlegen mußte, wie er sie sah.

„Ich weiß nicht, wohin die Tiere gebracht worden sind“, sagte er bedächtig, „aber anscheinend hat es Schwierigkeiten beim Rücktransport gegeben. Vielleicht ein technisches Versagen, ein Defekt in einer Raum-Zeitenergievorrichtung. Laut einer Computeranalyse aller vorliegenden Daten sind die Tiere in allen Fällen nach ihrem Verschwinden rund zwei Meilen westsüdwestlich des Zoos wieder aufgetaucht.“

„Außerirdische, die Tiere künstlich befruchten?“ fragte Willa in dem Versuch, sich die Sache bildlich vorzustellen.

„Und die dann die Föten rauben“, fügte Mulder hinzu.

„Aber wieso?“

„Wer weiß?“ Mulder zuckte mit den Achseln. „Vielleicht beobachten sie uns. Vielleicht sehen sie, was wir diesem Planeten antun. Die Verseuchung der Meere, die Abholzung der Wälder, das Unterpflügen des Graslandes, das Versprühen von Insektiziden auf landwirtschaftlichen Anbauflächen, das Abschlachten von Tieren zur Gewinnung von Fellen, Leder, Elfenbein oder schlicht und einfach zum Vergnügen. Die Art, wie wir ganze Spezies auslöschen und die verbleibenden einsperren.“

„Na gut, nehmen wir einmal rein theoretisch an, sie wüßten, was wir tun“, sagte Willa und schloß einen Moment lang die Augen, „und ich habe bestimmt nicht vor, unsere Verfehlungen abzustreiten. Und was weiter?“

„Vielleicht bauen sie so eine Art Arche Noah“, erwiderte Mulder. „Vielleicht wollen sie die verbliebenen Tiere vor der völligen Ausrottung bewahren.“

Willa blinzelte. „Was für eine Vorstellung!“

„Ich stelle lediglich Vermutungen über ihre Motive an“, räumte Mulder ein. „Aber ich bin mir ziemlich sicher, daß sie der Grund dafür sind, warum in diesem Zoo nie ein Junges zur Welt gekommen ist. Sie waren schneller.“

Willa brauchte nicht lange, um sich ihre Meinung über Mulders brillante Idee zu bilden. „Ich glaube, das ist das Lächerlichste, was ich jemals gehört habe.“

Mulder blieb standhaft. „Wenn Sie mir nicht glauben, dann fragen Sie Sophie.“

„Sie glauben, es sind die Außerirdischen, vor denen sie sich so sehr fürchtet?“

„Ich glaube, daß Sophie schwanger ist“, erklärte Mulder fest. „Und sie hat Angst, daß sie ihr das Baby wegnehmen.“

„Lächerlich“, wiederholte Willa, aber diesmal klang ihre Stimme unsicher.

„Beweisen Sie mir das Gegenteil.“ Mulder ging in die Offensive. „Wenn Sie den Mut dazu aufbringen.“

Der letzte Satz gab den Ausschlag. „Folgen Sie mir, Agent Mulder“, sagte Willa und wandte sich zum Gehen.

Sie führte ihn zu dem fensterlosen Betongebäude und schloß die Tür mit der Aufschrift *KRANKES TIER* auf.

Sophie saß im hinteren Teil ihres Käfigs und beäugte die

Besucher mißtrauisch. Erst als sie Willas Stimme hörte, entspannte sie sich.

„Komm her, Sophie. Ich möchte dich etwas fragen."

Sophie näherte sich vorsichtig dem Menschen, den sie am meisten auf der Welt liebte. Doch dann verharrte sie auf halbem Weg und starrte an Willa vorbei auf Mulder. Sie vollführte eine Reihe schneller nervöser Gesten.

„Was sagt sie?" wollte Mulder wissen.

„Mann Frau wehtun", übersetzte Willa. „Sie glaubt, Sie und Ihre Partnerin wären gekommen, um ihr etwas anzutun. Oder mir."

Sie machte ihrerseits eine Reihe von Handzeichen in Sophies Richtung und übersetzte dabei: „Mann und Frau sind hier, um dir zu helfen. Sie wollen etwas über Sophies Baby wissen."

Sophie versteifte sich und zog sich zurück. Sie kauerte sich an die Rückwand des Käfigs und gab gequälte, grunzende Laute von sich. Ihre Augen waren groß und verängstigt. Sie schlang die langen Arme schützend um ihren Bauch.

„Anscheinend hat sie die Botschaft verstanden", murmelte Mulder.

„Und wie es scheint, hatten Sie recht", erwiderte Willa. „Zumindest, was die Schwangerschaft betrifft."

„Kann ich ihr eine Frage stellen?" fragte Mulder. „Versteht sie einfache Wörter?"

„Wahrscheinlich. Versuchen Sie es."

Mulder sprach langsam und deutlich. „Sophie, möchtest du weg von hier?"

Sophie wurde ganz still. Sie sah Mulder an, der ihren

Blick unbeirrt erwiderte. Dann signalisierte sie ihre Antwort.

„Sie sagt: 'Licht Angst'“, erklärte Willa und wandte sich dann Sophie zu. „Wovor hast du Angst?“

Das Gorillaweibchen gestikulierte und begann erneut zu zittern.

„Baby gehen fliegendes Licht“, übersetzte Willa mit ungläubiger Stimme. „Das könnte bedeuten . . . das heißt, wenn Sie mit Ihrer Vermutung recht haben, Außerirdische würden versuchen . . .“

Mulder wollte darauf antworten, aber Willa brachte ihn mit erhobener Hand zum Schweigen. Sie massierte sich die Stirn.

„Lassen Sie mich versuchen, das alles zu verarbeiten“, bat sie. „Es erscheint mir so unglaublich. Es ist schwer, das alles zu . . .“

In diesem Moment öffnete sich die Tür. Scully trat ein.

„Ms. Ambrose“, sagte sie. „Ich dachte mir, daß ich Sie hier finden würde. Ich fürchte, ich habe schlechte Nachrichten für Sie.“

„Mein Gott, was denn jetzt noch?“ stöhnte Willa.

„Ich komme gerade aus dem Labor“, entgegnete Scully und schloß die Tür hinter sich. „Dort ist ein Hilfssheriff aufgetaucht, der Ihnen ein Schreiben übergeben wollte. Ich vermute, es handelt sich um Sophie.“

Willa wurde blaß. „Oh, nein“, flüsterte sie.

„Er wartet draußen.“ Scully sah die andere Frau mitfühlend an.

„Was soll ich nur tun?“ Willa umfaßte ihre Schultern, als fröre sie.

„Was auch immer, Willa, Sie dürfen Sophie jedenfalls nicht hierbehalten", erwiderte Mulder sanft. „Nicht, wenn Sie für ihre Sicherheit garantieren wollen."

„Aber ich weiß nicht, wohin ich sie sonst bringen könnte", sagte Willa hilflos.

Es klopfte an der Tür. Willa warf Sophie, die in ihrem Käfig kauerte, einen langen Blick zu. Der Gorilla blickte zurück. Es fiel kein Wort, weder Mensch noch Tier machten ein Handzeichen. Alles, was sie einander stumm mitteilten, war ihre Liebe.

Schließlich ging Willa zur Tür und öffnete.

„Ms. Ambrose?" fragte der Mann, der draußen gewartet hatte.

„Ja . . ."

Der Mann drückte ihr ein Schreiben in die Hand. „Ich stelle Ihnen hiermit eine gerichtliche Verfügung zu", sagte er stramm. „Sie werden aufgefordert, einen Gorilla namens Sophie in die Obhut des Gerichts zu übergeben."

Er verschwand ohne ein weiteres Wort. Willa stand wie erstarrt mit dem Schreiben in der Hand da, das Gesicht eine Maske der Verzweiflung. Doch als sie sich wieder zu Sophie umdrehte, verhärteten sich ihre Züge.

Mulder kannte diesen Gesichtsausdruck.

Es war der Gesichtsausdruck eines Spielers, der alles auf eine letzte Karte setzt.

Mulder verzichtete darauf, sie zu fragen, was ihr letzter Trumpf war. Sie pokerte viel zu hoch, als daß sie es ihm verraten hätte. Aber er konnte die umfassende Geste entziffern, die sie in Sophies Richtung machte.

„Ich liebe dich."

13

Kyle Lang saß hinter seinem Schreibtisch, als das hartnäckige Klopfen an der Bürotür ertönte. Er erhob sich und öffnete.

„Willa“, begrüßte er sie. „Was treibt dich um diese Uhrzeit hierher? Was bringt dich *überhaupt* hierher?“

Willa schlüpfte schnell in das W.A.O.-Büro und schloß die Tür hinter sich.

„Ich mußte bis jetzt warten, um sicherzugehen, daß mich niemand beobachten würde“, erklärte sie hastig. „Aber ich mußte dich unbedingt sehen.“

„Willa, ich bin wirklich gerührt“, sagte Kyle spöttisch, wurde aber gleich darauf wieder ernst. „Was willst du von mir? Daß ich den Zoo in Ruhe lasse? Daß ich ihm nicht noch einen letzten Tritt versetze, nachdem er schon angeschlagen ist? Tut mir leid, aber ich werde alles in meiner Macht Stehende tun, damit er endgültig geschlossen wird.“

„Kyle, vergiß den Zoo“, erwiderte Willa. „Ich bitte dich, mir zu helfen. Du bist meine letzte Hoffnung.“

„Deine Hoffnung auf was?“

„Sie kommen, um mir Sophie wegzunehmen“, sprudelte Willa verzweifelt hervor.

„Wenn du Mitleid erwartest, bist du hier an der falschen Adresse.“ Kyles Stimme klang kalt, doch dann bemerkte er die Qual in Willas Augen. „Laß sie gehen, Willa“, sagte er in sanfterem Tonfall.

„Während ich mit dir rede, wird sie bereits in einen

Eisenkäfig gesperrt“, fuhr Willa fort. „In eine Kiste ohne Gitter und Fenster. Es wird sie umbringen.“

„Sophie hat ihr gesamtes Leben hinter Gittern verbracht“, gab Kyle zurück. „Laß sie in ihre Heimat zurückkehren. Dort wird sie die Freiheit finden, die sie verdient.“

„Welche Freiheit?“ fragte Willa wütend. „Von Wilderern umgebracht zu werden, die ihr die Hände abhacken, um sie an Touristen zu verkaufen?“

„Malawi hat versprochen, sie in ein Naturreservat zu bringen“, entgegnete Kyle.

„Du weißt selbst, wieviel dieses Versprechen wert ist“, hielt ihm Willa vor. „Malawi ist nicht einmal in der Lage, in den Straßen seiner Hauptstadt für Sicherheit und Ordnung zu sorgen, erst recht nicht in den Urwäldern.“

„Ein Leben in Freiheit rechtfertigt eine gewisses Risiko.“ Kyle zitierte eins seiner Prinzipien.

„Dir fällt es natürlich leicht, so zu reden“, sagte Willa aufgebracht, „aber Sophie gehört mir. Ich kann den Gedanken, daß sie leiden muß, einfach nicht ertragen. Ich will sie nicht aufgeben.“

„Welche Alternative bleibt dir denn?“

„Bitte, hilf mir, ein Versteck in Amerika für sie zu finden“, bat Willa. „An irgendeinem geheimen Ort, in einem privaten Reservat. Ich weiß, daß du das kannst. Du kennst die entsprechenden Leute.“

„Das würde gegen alles verstoßen, woran ich glaube“, gab Kyle zurück, aber es fiel ihm schwer, ihr dabei in die Augen zu sehen.

„Nur dieses eine Mal“, bettelte Willa. „Um der alten Zeiten willen.“

„Diese Zeiten sind längst vorbei.“ Kyle wandte den Kopf zur Seite. „Das weißt du nur zu gut, und du weißt auch, warum. Du hast deine Entscheidung getroffen, als du dich mit dem Zoo eingelassen hast.“

„Aber ich habe es *für* die Tiere getan“, verteidigte sich Willa.

„Wir haben diese Diskussion schon einmal geführt.“ In Kyles Stimme schwang Resignation. „Die Sache ist erledigt, genau wie unsere Beziehung.“

Willa biß sich auf die Lippen. „Sie ist schwanger, Kyle“, brach es dann aus ihr hervor.

„*Was?*“

„Sophie ist schwanger“, wiederholte Willa.

Kyle starrte sie an und schüttelte den Kopf. „Du bist wirklich verzweifelt Willa, nicht wahr? Tut mir leid, aber das kaufe ich dir nicht ab.“

„Aber es ist die Wahrheit“, beteuerte Willa.

„Nehmen wir einmal an, ich würde dir glauben, was ich nicht tue“, sagte Kyle barsch. „Was würde denn passieren, wenn Sophie tatsächlich schwanger wäre? Das Baby würde ebenfalls den Rest seines Lebens in einem Käfig verbringen müssen.“

Willa setzte zu einer Antwort an, aber Kyle kam ihr zuvor. „Sie gehört dir nicht, Willa, sie ist nicht dein Kind. Sie sollte unter anderen Gorillas leben und kein Anreiz für Menschen sein, Eintrittskarten für einen Zoobesuch zu kaufen.“

„Du wirst mir also nicht helfen?“ fragte Willa in einem Tonfall, der verriet, daß sie die Antwort bereits kannte.

„Nein, das werde ich nicht. Warum suchst du dir nicht

einfach einen anderen Job und läßt mich den meinen machen?“

Er sah schweigend zu, wie Willa den Kopf senkte und mit hängenden Schultern sein Büro verließ. Dann kehrte er an den Schreibtisch zu dem Pamphlet zurück, das er gerade verfaßte. Er nahm vor der Tastatur Platz und tippte den ersten Buchstaben, der ihm ins Auge fiel.

Eine Stunde später saß er immer noch an seinem Schreibtisch vor dem Computerbildschirm, der lediglich einen einzigen sinnlosen Buchstaben zeigte, und immer noch sah er Willas verzweifeltes Gesicht vor seinem inneren Auge.

Der Anblick war genauso erbarmungswürdig wie der eines gequälten Tiers, und davon hatte er schon genug gesehen.

Kyle versuchte, die grausamen Bilder wieder heraufzubeschwören, um sich ganz auf sein Lebenswerk konzentrieren zu können – aber alles, was in seinem Geist Gestalt annahm, war Willas Gesicht.

So, wie es vorhin ausgesehen hatte, so gequält.

Und so, wie er es vor Jahren gekannt und geliebt hatte, als sie so glücklich miteinander gewesen waren.

Er schaltete den Computer aus und stand auf. Er wußte, was er zu tun hatte, trotz aller Gründe, die dagegen sprachen.

Denn es gab etwas, das er noch nie hatte ertragen können.

Den Anblick einer Kreatur, die litt.

Kyle packte eine Handvoll Werkzeuge in eine Tasche. Er

verließ das Büro, stieg in seinen Lieferwagen und fuhr zum Zoo.

Dort zeigten die Sparmaßnahmen bereits ihre ersten Auswirkungen. Die Beleuchtung war ausgeschaltet worden, was Kyle nicht im geringsten störte. Seine Taschenlampe spendete ihm genügend Licht, als er das Schloß am Eingangstor knackte.

Falls Willa jemals wieder lächeln sollte, dachte er, dann bestimmt über diesen Witz. Er hatte gelernt, in solche Einrichtungen einzubrechen, um Leute wie sie zu bekämpfen – und er war sehr gut darin. Jetzt würde ausgerechnet sie ihm dafür dankbar sein.

Er benötigte die Taschenlampe nicht mehr, um sich im Zoo zurechtzufinden, er kannte den Grundriß wie seine Hosentasche. Kyle huschte zu dem Gebäude mit der Aufschrift *KRANKES TIER*. Vermutlich war Willa dort, um bis zum Schluß in Sophies Nähe sein zu können.

Aber Willas Feldbett war nicht benutzt, und Sophies Käfig war leer.

Kyle schrieb eine kurze Nachricht an Willa, gerade lang genug, daß sie wissen würde, an wen sie sich morgen wenden konnte. Er stopfte den Zettel unter ihr Kopfkissen und machte sich auf den Weg zur Lagerhalle.

Wieder benutzte er die Taschenlampe, um auch dieses Schloß zu knacken, schaltete sie aber aus, als er die Tür aufstieß. Vielleicht reichten die finanziellen Mittel des Zoos ja noch für einen Nachtwächter. Er konnte aber niemanden entdecken, als er die große dunkle Halle betrat. Bis auf die leisen Geräusche der Tiere in den Transportkäfigen umgab ihn völlige Stille.

Kyle knirschte mit den Zähnen. Das Bedürfnis, jedes einzelne dieser eingesperrten Geschöpfe zu befreien, war so stark, daß es ihm geradezu körperliche Schmerzen bereitete. Doch heute nacht konnte er nur eines tun.

Die Lichtstärke seiner Taschenlampe war verstellbar. Er schaltete sie auf die niedrigste Stufe, während er sich durch das Labyrinth der Käfige vorarbeitete und die daran angebrachten Etiketten überflog.

Plötzlich verharrte er reglos und spähte einen der finsteren Gänge entlang, an dessen Ende eine offene Tür gähnte.

Kyle eilte darauf zu.

Es war die Tür eines großen Metallkäfigs, dessen Aufkleber verkündete: *GORILLA. NAME: SOPHIE. NICHT MEHR EIGENTUM DES ZOOS.*

Er richtete den Strahl der Taschenlampe auf die Türöffnung.

Bis auf eine Lage Stroh war der Käfig leer.

Kyle drehte sich um und rief mit unterdrückter Stimme: „Willa? Wo bist du? Keine Angst, ich bin's, Kyle! Ich bin gekommen, um dir zu helfen!"

Auf einmal registrierte er eine Bewegung hinter sich. Er wirbelte herum und wurde im gleichen Moment zu Boden geschmettert.

In seinem Kopf fuhr ein wildes Karussell, aber es gelang ihm, wieder auf die Füße zu kommen.

Ein weiterer Schlag traf ihn mit der Gewalt eines Vorschlaghammers und schleuderte ihn gegen einen Stapel Käfige.

Benommen hörte er das Heulen eines Wolfs. Als er aufblickte, sah er den Käfig, aus dem das Heulen ertönte. Er kippte in Zeitlupe von der Spitze des Stapels.

„Neeeiiin!“ schrie er auf und riß schützend die Arme hoch, im unsinnigen Versuch, den Käfig abzuwehren.

Es war der letzte verhaßte Käfig, den er jemals sehen würde.

14

„Ist sie immer noch da drinnen?“ fragte Scully und deutete auf den Konferenzraum des Zoos, in dem Willa der Polizei Rede und Antwort stand.

„Ja“, bestätigte Mulder. „Haben Sie irgend etwas in ihrem Versteck entdeckt?“

Scully hatte den Raum durchsucht, in dem Willa Sophie untergebracht hatte. „Ich habe das hier in einer Schreibtischschublade gefunden“, erwiderte sie. „Ich nehme an, das dürfte Sie interessieren.“

Sie reichte Mulder einen alten Zeitungsausschnitt, der bereits stark vergilbt war.

„Wirklich interessant“, murmelte Mulder. Der Zeitungsausschnitt enthielt zwei Fotos. Eins zeigte Kyle Lang und Willa Ambrose, die in die Kamera lächelten. Beide sahen sehr viel jünger aus als heute. Auf dem anderen Foto war ein winziger Gorilla zu sehen. *PAAR RETTET GORILLA-BABY AUS DEN HÄNDEN VON TIERSCHMUGGLERN*, verkündete die Schlagzeile. *Die Naturschützer Willa Ambrose und Kyle Lang werden das Tier in die USA bringen*, stand in kleineren Lettern darunter.

„Also waren Willa und Kyle früher einmal ein Pärchen“, stellte Mulder fest.

„Und ich schätze, ich weiß auch, was sie auseinandergebracht hat“, sagte Scully. „Kyle wollte Sophie vermutlich wieder auswildern, aber Willa wollte sie nicht hergeben.“

„Klingt logisch ... Die klassische Dreiecksgeschichte, wie wir sie kennen. Ein Mann, eine Frau und ein Gorilla."

„Allerdings ist die Geschichte damit noch nicht zu Ende." Scully zeigte Mulder die von Kyle verfaßte Nachricht, die sie unter Willas Kopfkissen gefunden hatte.

„Sieht so aus, als hätte Sophie die beiden schließlich wieder zusammengebracht", sagte Mulder nachdenklich. „Aber das kann uns nur Willa selbst bestätigen."

„Genau", gab Scully zurück und öffnete die Tür des Konferenzraums.

Willa saß mit steifem Rücken und zusammengepreßten Lippen auf einem Stuhl. Drei Hilfssheriffs, die einen erschöpften Eindruck machten, standen um sie herum. Die Leiterin des Zoos blieb nach wie vor stur.

„Ich habe Ihnen jetzt schon hundertmal erzählt, was ich weiß", sagte sie gerade. „Ich habe gehört, wie die Tiere auf einmal verrückt geworden sind. Dann bin ich aufgestanden, um nach Sophie zu sehen, und habe dabei entdeckt, daß sie nicht mehr da war. Und dann habe ich Kyle gefunden."

Scully gesellte sich zu den Polizisten. Mulder blieb an die Wand gelehnt stehen. Es machte ihm Spaß, Scully zu beobachten, wenn sie sich in einen Fall verbissen hatte. Jetzt übernahm sie das Verhör.

„Haben Sie eine Ahnung, was Kyle hier gewollt hat?" fragte sie harmlos.

„Nein", behauptete Willa.

„Wir haben aber einen Zeugen, der gesehen hat, daß Sie gestern nacht in Kyles Büro gegangen sind. Entspricht das der Wahrheit?"

„Ja", gab Willa widerwillig zu.

„Was wollten Sie dort?“

„Ihm sagen, daß er gewonnen hat“, erwiderte Willa. „Daß der Zoo geschlossen und Sophie nach Afrika zurückgebracht werden wird.“

„Haben Sie ihn um Hilfe gebeten?“ Scully kniff ganz leicht die Augen zusammen.

„Hilfe wobei?“ fragte Willa unschuldig.

„Zu verhindern, daß Ihnen Sophie weggenommen wird.“

„Nein. Was für eine absurde Idee! Das hätte gegen alles verstoßen, woran Kyle geglaubt hat.“

Scullys Stimme wurde schärfer. „Aber Sie haben ihn trotzdem darum gebeten.“

Willa verzog keine Miene. „Nein“, wiederholte sie unbeirrt.

„Was hat er dann gestern nacht im Zoo gesucht?“ Scullys Brauen zogen sich noch mehr zusammen. „Und warum hat er Ihnen diese Nachricht hinterlassen?“ Sie zog den Zettel aus der Tasche und las laut vor: „Willa, laß uns reden. Kyle.“

Willa zuckte die Achseln. „Ich habe nicht die leiseste Ahnung.“

„Hat er den Zoo oft besucht?“

„Wenn ja, dann ist er spät nachts über den Zaun geklettert, wie es sich für einen guten W.A.O.-Soldaten gehört“, entgegnete Willa harsch. „Warum fragen Sie nicht Agent Mulder, was hier passiert ist? Seine Theorie ist noch verrückter als Ihre. Er glaubt, Außerirdische würden die Tiere entführen.“

Alle Blicke richteten sich auf Mulder.

Mulder räusperte sich und sagte: „Ich glaube, das waren

alle wesentlichen Fragen. Agent Scully, kann ich kurz mit Ihnen sprechen – draußen?“

Scully verzog das Gesicht, aber ihr blieb nichts anderes übrig, als ihm zu folgen. Selbst mit Hilfe von Daumenschrauben hätte sie nicht mehr aus Willa herausgebracht. Trotzdem platzte ihr fast der Kragen, als sie vor der Tür standen.

„Sie glauben ihr“, warf sie Mulder anklagend vor. „Sie glauben tatsächlich, daß *Außerirdische* Sophie entführt und Kyle getötet haben.“

„Wie kommen Sie darauf?“

„Kyles Tod und Sophies Verschwinden fügen sich nahtlos in die Ereignisse ein, die zu der Sache mit dem Tiger geführt haben.“

„Stimmt“, bestätigte Mulder, aber Scully bemerkte einen ungewohnten Unterton in seiner Stimme.

Einen Anflug von Unsicherheit.

„Erzählen Sie mir nicht, Sie würden plötzlich daran zweifeln, daß Außerirdische ihr Unwesen auf der Welt treiben.“

„Das behaupte ich ja auch gar nicht . . . Aber in Sophies Fall paßt etwas nicht ins Bild.“

„Was?“

„Willas Reaktion.“ Mulders Stimme klang immer noch nachdenklich.

„Ihre Reaktion worauf?“ hakte Scully nach.

„Auf den Verlust des Tiers, das sie so sehr liebt“, sagte Mulder langsam. „Sie würde ihren Kummer niemals so gut verbergen und so gefaßt bleiben können.“

„Und das bedeutet?“

„Ich glaube, Willa weiß, wo Sophie ist. Und Kyle mußte sterben, weil er wußte, wie weit Willa gehen würde, um Sophie zu behalten. Er wollte sie davor bewahren, alles zu riskieren. Aber es ist ihm nicht gelungen.“

„Sie glauben also, sie hat ihn getötet“, folgerte Scully.

„Ich glaube, sie würde einfach alles für dieses Tier tun.“

Scully schüttelte den Kopf. „Auch auf einem Stapel Käfige darauf warten, daß ihr ehemaliger Freund direkt unter ihr vorbeimarschiert?“

„Ich bin mir nicht ganz sicher, was letzte Nacht wirklich passiert ist“, gestand Mulder. Er fuhr sich über den Nacken. „Um das herauszufinden, brauchen wir eine gründliche Untersuchung der Leiche.“

Scully nickte. „Ich werde mich darum kümmern“, versprach sie.

„Und ich werde mich noch einmal im Lager umsehen“, gab Mulder zurück. „Vielleicht haben wir irgend etwas übersehen.“

„In Ordnung.“ Scully wandte sich zum Gehen. „Behalten Sie den Wagen. Ich fahre mit den Polizisten zum Revier. Die Leichenhalle liegt gleich auf der anderen Straßenseite.“

Mulder wartete, bis sie verschwunden war, und begab sich dann zum Lagerhaus. Die Tür war nicht verschlossen. Er ging langsam durch die Käfigreihen. Bis auf ein gelegentliches leises Geräusch der Tiere herrschte völlige Stille. Nach dem Tumult der letzten Nacht schliefen die meisten vermutlich.

Er fand Sophies Metallkäfig, öffnete die Tür und sah hinein.

Nichts.

Nachdem er die Tür wieder geschlossen hatte, untersuchte er den Betonfußboden.

Da war etwas. Eine dünne Strohspur führte den Gang entlang zum Hallentor.

Es war nicht viel, aber vielleicht ein Hinweis darauf, daß der Gorilla in diese Richtung geflohen war – oder gewaltsam verschleppt worden war.

Mulders Blick wanderte weiter zu der Stelle, wo sie Kyles Leiche gefunden hatten. Die Kiste, die ihn erschlagen hatte, lag immer noch als Beweisstück da. Der Wolf, der darin eingesperrt gewesen war, war unverletzt geblieben und wartete jetzt in einem anderen Transportkäfig darauf, nach Kalifornien verschickt zu werden.

Mulder versuchte, sich die Flugbahn der herabstürzenden Kiste vorzustellen. Er sah sich sorgfältig um.

„Sieh an, sieh an", murmelte er, als er den spitzen Treibstock an der Wand entdeckte. „Also hat man noch eine Aufgabe für Ed Meecham gefunden. Er mußte auf die Tiere aufpassen." Mulder starrte den Stab voller Abscheu an, bis er ein Geräusch vor der Lagerhalle vernahm. Er eilte zum Eingang und spähte ins Freie.

„Wenn man vom Teufel spricht", flüsterte er. Er beobachtete, wie Ed Meecham ein Garagentor aufschloß.

Als Meecham die Garage in einem Lastwagen des Zoos wieder verließ, saß Mulder bereits in seinem Wagen. Er wartete, bis der Laster auf die Straße eingebogen war, und folgte ihm dann.

Es hätte ihm weitaus mehr Spaß gemacht, Außerirdische zu verfolgen, doch heute nacht würde er sich wohl mit Ed Meecham begnügen müssen.

15

Mulder ließ Meecham, der die Schnellstraße entlang in Richtung der untergehenden Sonne fuhr, gerade so viel Vorsprung, daß er ihn nicht aus den Augen verlor.

Es war bereits dunkel, als der Lastwagen vor einem großen Gebäude anhielt, das mitten im Nirgendwo stand.

Dem Aussehen nach mußte es früher einmal eine Fabrik gewesen sein, jetzt wirkte es verlassen. Im Scheinwerferlicht des Lastwagens waren zerbrochene Fensterscheiben und verrußte Ziegelsteinmauern zu sehen.

Mulder war vorsichtshalber ohne Licht gefahren. Aus sicherer Entfernung sah er zu, wie Meecham die Scheinwerfer ausschaltete und aus dem Lastwagen stieg. Der Mann zog eine Taschenlampe und eine Pistole hervor und verschwand im Inneren des Gebäudes.

Mulder folgte ihm schnell. Er hielt seine Waffe in der Hand, als er durch die offene Tür schlüpfte.

Meecham ging einen Gang entlang.

„Bleiben Sie stehen, Ed!“ rief Mulder.

Meecham wirbelte überrascht herum. Der Strahl seiner Taschenlampe fiel auf Mulder.

Mulder hob seine Pistole und schüttelte den Kopf. „Es hat schon genug Gewalt gegeben“, sagte er. „Meinen Sie nicht auch?“

„Ich habe Kyle Lang nicht getötet“, stieß Meecham hervor.

„Legen Sie Ihre Waffe weg!“ befahl Mulder. „Dann können wir in Ruhe über alles reden.“

Meecham starrte Mulders Pistole eine Weile an und ließ dann seine fallen.

Ohne ihn aus den Augen zu lassen, hob Mulder die Waffe auf. Es war eine Betäubungspistole.

„Ich mache nur, wofür sie mich bezahlt hat“, verteidigte sich Meecham. „Ich brauche das Geld. Sie wollen mir meine Pension sperren, sie behaupten, der Zoo wäre pleite.“

„Wie schade, das tut mir wirklich leid für Sie“, erwiderte Mulder trocken. „Wo ist das Tier?“

„Das Tier?“ stellte sich Meecham dumm. „Was für ein Tier . . .?“ Doch dann bemerkte er Mulders Gesichtsausdruck und gab sich geschlagen. „Am Ende des Ganges.“

„Okay, zeigen Sie es mir. Wir gehen gemeinsam dorthin.“

Meecham warf einen Blick auf Mulders Pistole und nickte. Er führte ihn den Gang entlang und bog in einen anderen ab. Der Lichtkegel seiner Taschenlampe tanzte über den Boden.

Als sie durch den zweiten Gang gingen, drang ein dumpfes Dröhnen an Mulders Ohren. Es klang, als würde irgend jemand eine große Trommel schlagen.

„Was ist das?“ fragte er.

„Der Gorilla.“ Meecham mußte die Stimme heben. „Er rennt gegen die Käfigtür. Er ist völlig durchgedreht.“

Das Dröhnen wurde lauter. Meecham blieb vor der schweren Metalltür stehen, hinter der das Geräusch erklang. Sie erzitterte bei jedem Schlag.

„Sophie hat Angst.“ Mulder verzog das Gesicht. Er

konnte den Aufprall fast am eigenen Leib spüren, den Schmerz, wenn sie sich gegen die Tür warf.

„Ja, sie wird sich noch selbst umbringen“, bestätigte Meecham ohne eine Gefühlsregung.

Das Dröhnen ging Mulder durch Mark und Bein. Sein Entschluß stand fest. „Okay, Ed. Sie werden sie retten.“ Er hielt ihm die Betäubungspistole entgegen.

„Aber . . .“, protestierte Meecham.

„Ich erinnere mich, daß Sie sich erst vor kurzem damit gebrüstet haben, wie gut Sie mit Tieren umgehen können“, unterbrach ihn Mulder barsch. „Jetzt haben Sie die Gelegenheit, es zu beweisen.“

Meecham biß die Zähne zusammen und nahm die Pistole.

„Geben Sie mir die Taschenlampe“, verlangte Mulder. „Ich werde Ihnen leuchten, damit Sie besser zielen können.“

Langsam und vorsichtig, mit vor Angst verkrampften Muskeln, öffnete Meecham die Käfigtür. Er bewegte sich, als müsse er barfuß über Glasscherben laufen. Mulder blieb direkt hinter ihm, die Pistole in der einen, die Taschenlampe in der anderen Hand.

„Ich habe nur einen Schuß in diesem Ding“, preßte Meecham hervor. „Halten Sie vorsichtshalber Ihre Pistole bereit, verstanden?“

„Wo ist der Gorilla?“

„Ganz hinten in der Ecke, glaube ich . . .“

„Okay. Passen Sie auf. Es geht los!“ Mulder richtete den Lichtstrahl in den dunklen Käfig.

Im gleichen Moment wurde ihm die Taschenlampe aus der Hand geschleudert, und ein Schlag traf ihn im Rücken.

Er erhaschte nur einen flüchtigen Blick auf Sophies wutverzerrtes Gesicht, bevor er gegen sie prallte und ihr moschusartiger Geruch ihn einhüllte. Hinter ihm ertönte der hohle Knall der Betäubungspistole. Seine Hand schloß sich fester um seine eigene Waffe.

Plötzlich war der Gorilla wieder verschwunden, von der Dunkelheit verschluckt. Bis auf den dünnen Lichtstrahl der zu Boden gefallenen Taschenlampe war der Käfig in absolute Finsternis getaucht.

Mulder setzte sich auf. „Ed?"

Keine Antwort.

„Ed!" rief er. „Hey!"

„Ich habe sie verfehlt", hörte er Meechams gedämpfte Stimme auf der anderen Seite der Tür. Mulder stemmte sich dagegen. Sie war verschlossen.

„Machen Sie die Tür auf, Ed!" schrie Mulder.

„Ich hau' ab, solange ich noch kann", erwiderte Meecham. „Der Knast ist nichts für mich." Seine Stimme wurde leiser, als er sich entfernte. „Sie haben eine Waffe. Benutzen Sie sie."

„Ed, hören Sie!" beschwor Mulder den anderen.

Er erhielt keine Antwort. Meecham war verschwunden.

Mulder drehte sich wieder um und starrte in die Dunkelheit. Die Taschenlampe lag ganz in seiner Nähe auf dem Boden. Er wollte sie aufheben, wagte aber nicht, sich von der Wand des Käfigs zu lösen. Flach atmend preßte er sich gegen seine einzige dürftige Deckung.

Er konnte nur beten, daß Sophie ihn verstand, konnte nur hoffen, daß sie ihm glauben würde.

„Sophie", sagte er heiser, „ich bin dein Freund. Ich möchte dir helfen. Ich möchte deinem Baby helfen."

Aus der Dunkelheit ertönte ein dumpfes Grollen – Mulder konnte Wut und Verzweiflung heraushören.

Sophie war einmal zu oft betrogen worden. Sie hatte aufgehört, den Menschen zu glauben.

Mulder konnte es ihr nicht verdenken. Genausowenig, wie er es ihr verdenken konnte, daß sie alles tun würde, um sich und ihr Baby zu retten.

Die Pistole in seiner Hand schien schwer wie Blei zu sein. Und mit jeder Sekunde, die verstrich, wurde sie noch schwerer.

Er hatte nie gezögert, sie gegen einen Schuldigen einzusetzen, wenn es die Situation erfordert hatte – aber sie gegen eine unschuldige Kreatur zu benutzen, war etwas anderes.

Seine Lage war eindeutig.

Fressen oder gefressen werden.

Töten oder getötet werden.

Mulder wünschte sich verzweifelt, die Wahl würde ihm genauso leicht fallen, wie sie sich nach diesen vier Worten anhörte.

Ihm blieb keine Zeit mehr, eine Entscheidung zu treffen.

Sophie brüllte dreimal. Dann griff sie an.

16

Schmerz schoß durch Mulders Stirn.

Sophies Fingernägel hatten ihm die Haut aufgerissen. Der weiße Lichtstrahl der Taschenlampe färbte sich blutrot.

Wie durch einen roten Schleier sah Mulder Sophie hoch über sich aufragen, während er auf Händen und Knien auf dem Boden lag.

Sie hob einen Arm und holte zu einem weiteren erbarmungslosen Schlag aus.

Gleichzeitig brachte Mulder seine Waffe in Anschlag. Sein Finger krümmte sich um den Abzug.

Er brachte es nicht über sich abzudrücken. Sein Arm zitterte so sehr, daß der Lauf der Pistole vor seinen Augen verschwamm. In seinem Inneren tobte ein furchtbarer Kampf.

Töten oder getötet werden?

Er sollte nie erfahren, wie der Kampf ausgegangen wäre, denn plötzlich verharrte Sophie mitten in der Bewegung. Dann fuhr sie herum und floh zurück in die Dunkelheit.

Mulder blickte sich um, versuchte herauszufinden, was sie erschreckt hatte. Er blinzelte, als sich ein glühender Nebel im Käfig ausbreitete.

Sophie begann, sich direkt vor ihm im leuchtenden Dunst aufzulösen. Er sah ihre Augen, die ihm ein hilfloses Lebwohl zuwarfen, ihre Hände, die drei schnelle Gesten vollführten.

Dann explodierte ein blendend weißes Licht, und er versank in bodenloser Schwärze.

„Mulder . . . Mulder . . .“

Scullys besorgte Stimme schien meilenweit entfernt zu sein.

Mulders Augenlider waren schwer wie Blei, aber es gelang ihm mit ungeheurer Kraftanstrengung, sie zu öffnen. Morgenlicht erfüllte die Lagerhalle. Scullys Gesicht schwebte über ihm.

„Mulder, bleiben Sie ganz ruhig liegen!“ befahl sie und drehte sich zu den beiden Polizisten um, die hinter ihr standen. „Rufen Sie einen Sanitäter.“

„Ich bin okay“, versicherte Mulder. Er setzte sich auf, schüttelte den Kopf, um die Benommenheit zu vertreiben, und sah sich um. Sophie war verschwunden.

„Wo ist sie?“ Ein leichtes Schwindelgefühl ließ ihn zur Seite sacken.

„Wo ist wer?“

„Sophie . . . Sie haben sie geholt.“

„Entspannen Sie sich, Mulder.“ Scully stützte ihn. „Sie stehen noch immer unter Schock.“

Anstatt zu gehorchen, stand Mulder schwankend auf. „Wo ist Meecham?“

„Ed Meecham ist auf dem Weg zur Staatsgrenze abgefangen und verhaftet worden“, klärte ihn Scully auf. „Er hat uns gesagt, daß Sie hier sind.“

„Und wo ist Willa?“

„Draußen in einem Streifenwagen. Ich habe Kyle untersucht und festgestellt, daß er mit einem Viehtreibstock erschlagen worden ist. Dann bin ich zu Willa gegangen, um sie mit dem Ergebnis der Autopsie zu konfrontieren. Sie war gerade dabei, sich abzusetzen. Ich mußte kaum Druck auf sie ausüben, um ihren Widerstand zu brechen. Sie hat gestanden, Ed damit beauftragt zu haben, Sophie in einem Gebäude irgendwo am Rand der Schnellstraße zu verstecken.“ Scully schüttelte traurig den Kopf. „Die Angst, Sophie zu verlieren, hat sie durchdrehen lassen.“

„Ich muß mit ihr sprechen!“

„Mulder, Sie sind noch nicht in der körperlichen Verfassung, um . . .“, begann Scully, doch da war Mulder bereits unterwegs.

Er entdeckte Willa auf dem Rücksitz des Streifenwagens. Sie starrte aus leeren Augen vor sich hin, doch als sie Mulder bemerkte, kam wieder Leben in sie.

„Wo ist Sophie?“ fragte sie tonlos.

„Fort.“ Mulder senkte den Blick.

Willa verzog gequält das Gesicht. Dann starrte sie Mulder haßerfüllt an.

„Was hat Ed mit ihr gemacht? Es war idiotisch von mir, ihn um Hilfe zu bitten . . . aber er war der einzige, an den ich mich wenden konnte.“

„Ed hat nichts mit Sophies Verschwinden zu tun.“

„Das ist ein einziger Alptraum“, murmelte Willa. Sie zitterte am ganzen Körper. „Das alles hätte nicht passieren dürfen. Ed ist in Panik geraten, als er Kyle gesehen hat. Kyles Erscheinen war nicht eingeplant. Und jetzt . . . Sophie ist fort. Ich habe alles verloren.“ Sie vergrub ihr Gesicht in den Händen.

„Willa, hören Sie mir zu“, beschwor Mulder sie eindringlich. „Ich brauche Ihre Hilfe. Sophie hat versucht, mir etwas mitzuteilen."

Willa hob sofort den Kopf, als sie Sophies Namen hörte. „Was?"

Mulder imitierte die Gesten, die Sophie gemacht hatte, kurz bevor sie von dem weißen Licht verschluckt worden war. „Was bedeutet das?"

„Das ergibt keinen Sinn . . ."

„Was bedeutet es?" wiederholte Mulder hartnäckig.

„Mensch retten Mensch", übersetzte Willa zögernd.

Sie starrten einander an und versuchten, den Sinn dieser drei Wörter zu entschlüsseln, wurden aber kurz darauf von einer Durchsage unterbrochen, die aus dem Funkgerät des Streifenwagens dröhnte.

„An alle Wagen! Großes flüchtiges Tier wurde gemeldet. Zuletzt auf der Interstate westlich der Zubringerstraße zur 92. Avenue gesichtet."

„Das ist sie", platzte Mulder heraus.

„Sie versucht, zum Zoo zurückzukehren." Willa schöpfte Hoffnung.

„Möglich", erwiderte Mulder. Er sah Scully und die beiden Polizisten aus der Lagerhalle kommen und rief ihnen die Nachrichten zu.

Die Cops sprangen in ihren Wagen, Scully und Mulder quetschten sich neben Willa auf den Rücksitz. Der Streifenwagen jagte los.

„Beeilen Sie sich, machen Sie schon!" schrie Willa den Fahrer an.

„Mehr kann ich aus der Kiste nicht rausholen, Ma'am", entgegnete der Cop und schaltete die Sirene an.

Eine halbe Stunde später stießen sie auf eine Handvoll anderer Streifenwagen am Rand einer Landstraße. In der Nähe lag ein Auto, das sich überschlagen hatte, auf dem Dach. Über ihnen wölbte sich ein grauer Morgenhimmel und tauchte die Szenerie in kaltes Licht.

Der Streifenwagen hatte kaum angehalten, als Willa auch schon wie ein Blitz ins Freie sprang und auf den ersten Polizisten zulief, den sie sah. Mulder und Scully blieben ihr auf den Fersen.

„Wo ist sie?“ rief Willa.

„Sie?“ fragte der Cop.

„Sophie.“

„Sophie?“

„Sie meint den entlaufenen Gorilla“, erklärte Mulder hastig.

„Warum haben Sie das denn nicht gleich gesagt?“ Der Cop zuckte die Achseln. „Dort drüben.“ Er deutete auf eine kleine Ansammlung von Bäumen, die vor dem leeren Horizont verloren wirkten.

Willa rannte los. Mulder und Scully folgten ihr.

Als sie den kleinen Hain erreicht hatten, stießen sie auf weitere Polizisten.

„Was ist hier passiert, Officer?“ fragte Scully.

„Das Tier ist über die Straße gerannt und dabei von einem Wagen erwischt worden“, berichtete der Cop und bearbeitete gemächlich sein Kaugummi. „Der Fahrer hat noch versucht auszuweichen, ist von der Straße abgekommen und hat sich überschlagen. Er ist aber okay. Zum Glück setzen sich diese Airbags langsam durch. Trotzdem eine Schande. Das war mal ein brandneuer Olds.“

„Und das Tier?“ stieß Willa hervor.

„Hat versucht weiterzulaufen“, erwiderte der Cop. „Es ist bis dorthin gekommen.“

Er deutete mit dem Kinn auf ein Gestrüpp zwischen den Bäumen, vor dem zwei Polizisten standen.

Willa schob sich zwischen den Männern hindurch und sank neben dem reglosen Tier auf die Knie.

„O nein! Nein, nein, nein, nein“, jammerte sie, während sie das Gesicht des Gorillas streichelte. Sie beugte sich über ihn und flüsterte ihm ins Ohr: „Sophie . . . Sophie . . .“

Der Cop, der direkt neben ihr stand, schüttelte den Kopf. „Sie ist tot, Ma’am.“

Willa blickte mit tränenüberströmtem Gesicht auf. „Bitte, sagen Sie mir nur eins“, schluchzte sie. „In welche Richtung ist sie gelaufen?“

„Entschuldigung“, begann der Polizist verwirrt, „aber was . . .“

„In welche Richtung?“ Willas Stimme war schrill vor Schmerz. „Zum Zoo hin oder vom Zoo weg?“

Der Mann zuckte die Achseln. „Tut mir leid, Ma’am, das weiß ich nicht.“

Mulder stand neben Scully und sah hilflos zu, wie Willa vor Kummer über dem toten Gorillaweibchen zusammenbrach. Er konnte ihre Frage nicht beantworten, er kannte nicht einmal die Antworten auf seine eigenen Fragen. Alles, was er tun konnte, war, Sophies rechte Hand anzustarren, die so sehr an eine menschliche Hand erinnerte.

Ihre Finger waren zu einem Zeichen erstarrt, das er wiedererkannte. Er hatte gesehen, wie Willa es gemacht hatte, und er erinnerte sich an seine Bedeutung.

Ich liebe dich.

17

Am nächsten Tag fuhren Mulder und Scully mit ihrem Mietwagen zurück zum Flughafen.

Beide schwiegen. Es gab nichts zu besprechen.

Der Fall war abgeschlossen.

Was mit Willa geschehen würde, was Sache der Gerichte, und über die Zukunft des Zoos entschied der Stadtrat.

Doch niemand konnte vorhersagen, was aus den Tieren werden würde, die jetzt über das ganze Land verteilt wurden.

„Wissen Sie, es ist schon komisch, woran ich mich immer erinnern werde“, brach Scully unvermittelt das Schweigen.

„Woran denn?“ Mulder sah unverwandt aus dem Fenster.

„Der Anblick dieses menschenleeren Einkaufszentrums, nachdem der Tiger dort aufgetaucht war“, erwiderte Scully. „Es hat so unheimlich ausgesehen. Wie eine Welt, aus der alles Leben verschwunden war. Nur noch leere Gebäude. Komisch, was?“

„Komisch.“ Mulder nickte langsam.

Wieder herrschte Schweigen.

„Vielleicht sollte ich den Rest meiner Überlegungen auf Band sprechen“, sagte er schließlich. „Sie werden es brauchen, wenn Sie unseren Vorgesetzten Bericht erstatten.“

Er ergriff das Mikrofon des Tonbandgeräts.

„Die in Fairfield begangenen Verbrechen waren die Taten verzweifelter Menschen, die mehr getan haben, als nur gegeneinander zu kämpfen. Sie haben gegen eine Macht gekämpft, die sich niemand von ihnen vorstellen konnte und gegen die sie erst recht keine Chance hatten, eine Macht, deren Motive wir nicht mit Sicherheit in Erfahrung bringen können. Könnten Außerirdische versuchen, Tiere zu schützen, die wir auszurotten drohen? Sind sie zu dem Schluß gelangt, daß wir nicht selbst in der Lage sind, die Tiere zu schützen? Liegt es an der Tatsache, daß die Zahl der ausgerotteten Spezies in diesem Jahrhundert um den Faktor tausend höher liegt, als es normalerweise der Fall sein dürfte? Ist es möglich, daß wir Menschen uns demnächst allein auf diesem Planeten wiederfinden und unserer eigenen Ausrottung entgegensehen werden? Könnte unser Überleben und das aller anderen Geschöpfe auf dieser Welt in den Händen von Außerirdischen liegen, die vielleicht ihre eigenen Zoos vergrößern? Oder, um es mit den letzten Worten eines Geschöpfs auszudrücken, das nicht überleben konnte: Wird doch der Mensch den Menschen retten?“

Mulder ließ das Mikro sinken.

„Ich schätze, das faßt es zusammen, Scully“, sagte er und fühlte sich plötzlich sehr müde.

„Ich fürchte, das tut es“, gab Scully zurück, ohne den Blick von der Straße zu nehmen.

„So viele Fragen und so wenige Antworten“, murmelte Mulder und blickte durch die Scheiben auf eine Welt, die keine Antwort zu geben hatte.

Abgesehen von einer Plakatwand, deren Text er im Vorbeifahren lesen konnte.

Es war ein Bibelzitat in metergroßen Buchstaben.

Der Mensch ist dem Tiere gleich; denn alles ist vergänglich.

„Ich frage mich, was uns in Washington erwartet", sagte Scully leise.

„Ja, man muß sich immer fragen, was als nächstes passiert."

Er verstaute das Tonbandgerät und lehnte sich für den Rest der Fahrt schweigend zurück. Ihm blieb nichts mehr zu tun. Blicklos starrte er durch die Windschutzscheibe auf die graue Straße, die sich bis zum Horizont erstreckte. Endlos, staubig und ohne viel Hoffnung.